JN155383

ジェイムズ・ジョイス

（1915年，33歳。チューリッヒ）

ジェイムズ・ジョイス

●人と思想

金田　法子　著

194

CenturyBooks　清水書院

はじめに

アイルランドはイギリス諸島の西側に位置した小さな島である。面積は七万三〇〇〇平方キロメートル。北海道よりやや小さい。二〇一四年の総人口は四六一万、内約一二七万が首都のあるダブリン州に、約五二万が第二の都市のあるコーク州に、約二五万が第三の都市が置かれているゴルウェー州に住んでいる（アイルランド中央統計局）。

地球温暖化の影響を受け、降雨量が以前と比べ減少をしてはいるものの、年間を通して雨を欠かすことはない。このためアイルランドの大地は常に緑の草木に覆われ、エメラルド・グリーンに輝くと言われ、人々はこの島を「エメラルドの島」と呼んでいる。

一八八二年二月二日、今から一三四年ほど前、日本では西洋の憲法や制度の研究を行うため伊藤博文が諸国への差遣を命じられ、東京では日本橋・新橋間に鉄道馬車が開通していた頃、アイルランドの首都ダブリンで、ジェイムズ・ジョイスが誕生した。

ジェイムズ・ジョイス（一八八二年―一九四一年）は、『ダブリンの市民』、『若い芸術家の肖像』、『ユリシーズ』、『フィネガンズ・ウェイク』といった作品を著し、マルセル・プルーストやフランツ・

カフカと並び二〇世紀最大の作家の一人と称され、『ユリシーズ』に至っては二〇世紀を代表する文学作品とも言われている。

ジョイスが作品で描いた対象は、プルーストが描いた華やかな社交界を背景としたストーリーでもなく、カフカの描いたような現実とかけ離れた世界でもなかった。彼のテーマは、終始一貫して、祖国の首都ダブリンに住む人々、それも貧困の中に生きた平凡な市民たちの姿であった。

アイルランドは十二世紀以来、イギリスの統治下に置かれてきた。ジョイスが生きた時代にもその状況には変わりがなかった。

イギリスはカトリック教徒が所有する土地を没収し、イギリスの不在地主に分配し、アイルランドの農民や小作農に厳しい地代を課した。彼らが産出した作物が自らの食用に充てられることはなく、イギリスはそれをことごとく自国に送った。

当時のアイルランドでは、カトリック教徒が公職に就くことも、自国の言葉を語ることも、教育を受けることも、自らの信仰を続けることも厳しく禁じられ、それを犯した者は容赦なく罰せられた。

他方、アイルランドは度々激しい飢饉に見舞われていた。近代では一七四〇年以降、一七五七年、一七六五年、一七七〇年と相次いで飢饉が発生し、ジョイスが誕生する三七年前の一八四五年にはじゃがいもの胴枯病を起因とする大飢饉が発生し、飢餓や疫病の末一〇〇万もの人々が死亡し、さらに多くの人々が祖国を去っていった。首都ダブリンは飢えや窮乏に苦しむ人々で溢れ、そこはイギリスの都市の中でも「最も不健康な主要都市」と言われた。

ダブリン市グラフトン通り　(1865年-1914年頃)

イギリスの過酷な支配が続く一方で、アイルランドでは、一八二九年にカトリック教徒解放法が発布された。それ以降、アイルランドの人々にも公職に就くこと、教育を受けること、自らの信仰を行うことが許されるようになった。これを受け、カトリック教会は壮大な規模で国内にカトリック教会を建設し、聖職者の数を急速に増大させていった。

一九〇〇年、ジョイスが十八歳になる頃、アイルランドの総人口は三二〇万であり、その約九割の二八九万人をカトリック教徒が占めていた。教会の厳格な教えの下、人々には教会と密接な関係の保持を求められた。すなわち、誕生の際には教会で洗礼を受け〈神の子〉となり、〈堅信〉により自らの信仰をより堅固にする。日々の礼拝に参列し、御聖体をいただき、日々の行いを省み、それを神の御言葉の伝達者とされる司祭に〈告白〉し、悔い改め、赦しを請う。婚姻に当たっては司祭から祝福を受け、死の際には〈終油〉をいただき神の世界へと導きを得る。当時のアイルランドでは、人が生を受けた時から死に至るまで、教会や司祭の介在なしに生活を営むことは事実上不可能な仕組みがつくられていた。

ジョイスは、イギリスの行った「悪行は人類に普遍的な行為であった」ことを示唆する一方で、「教会」については、人々の魂を戒め支配する「アイルランドの敵」[1]であると激しく糾弾した。彼は教会が支配する社会に生きていては、自由な表現を行うことは不可能であるとし、一九〇四年、二二歳の時、将来の妻となる女性と「自発的亡命」を遂げる。

以来、三度の短期間の帰国を除き、彼は生涯、祖国を訪れることも、父親の死に立ち会うこともなかった。彼は、自分にはアイルランドの社会を豊かにする「義務がある」[2]と語り、国外に身を置き、ひたすら作品を書き続け、作中に教会に対する猛烈な批判を盛り込んでいった。

ジョイスについて、イギリスの批評家シリル・ヴァーノン・コノリー（一九〇三年―一九七四年）は次のように記している。


作家の名声が時代によって上がったり、下がったりすることは良くあることだが、ジョイスの場合は、場所によって評判が高かったり低かったりする。ジョイスはアイルランドでは恨みを買い、イギリスでは無視され、アメリカでは一部の人々によって偶像扱いをされている[3]。

ジョイスの作品は彼が最も読まれることを望んでいた祖国アイルランドで、印刷されることも、販売されることもなかった。彼が「アイルランド人の作家」として認められたのは、彼の生誕一〇〇年を記念して、一九八二年にダブリンで開催された第八回「ジェイムズ・ジョイス国際シンポジウム」でのことであった。しかし今日では、ジョイスはアイルランドの誇りとされ、EU諸国の共通通貨ユーロが導入されるまで、彼はアイルランドの紙幣の表を飾った。また、『ユリシーズ』の主人公レオポルド・ブルームがダブリン市内を歩いたとされる六月十六日は、ブルームズデーと呼ばれ、各地で様々なイヴェントが行われている。一方、ジョイスの学んだ小学校クロンゴーズ・ウッド・カレッジは、今やジョイスを大きな誇りとし、校内の図書館を〈ジェイムズ・ジョイス図書館〉と名付け、彼の功績を称えている。

本書では、ジェイムズ・ジョイスとは、どのような歴史的・社会的背景の下に生まれ、どのような家庭環境に育ち、どのような教育を受け、どのような思想を持つようになっていったのか。当時、社会を「支配していた」イギリスや、彼が「アイルランドの敵」と名指ししたカトリック教会について、彼はどのような姿勢で臨んでいたのか、なぜ彼は、自らの作品のテーマを祖国に住む人々としたにもかかわらず、海外に身を置き、執筆をせざるを得なかったのかを検討する。その上で、ジョイスは自らの文学に対して、どのような姿勢を持ち、どのような意図を持って一連の作品を著していったのかを辿り、人間ジョイスとその思想を考えていきたい。

(1993 年発行)

目次

はじめに……三

I　ジョイスの生涯

一　家系……十六
二　誕生～幼少期……二〇
三　小学校時代―教会への反発の素地の確立……二四
四　中学校・高校時代―教会への反発から憎悪へ……三八
五　大学時代……五二
六　大学卒業以降……六六
七　自発的亡命……七四
八　作家ジョイスの誕生―『室内楽』……八六
九　『ダブリンの市民』―発刊……九〇
十　著名作家へ―『若い芸術家の肖像』……九三
十一　世界的作家へ―『ユリシーズ』……九七

十二　『ユリシーズ』以降……九九

Ⅱ　ジョイスの文学作品・文学手法

一　文学作品……一一四
1　『ダブリンの市民』(*Dubliners*)……一一六
2　『若い芸術家の肖像』(*A Portrait of the Artist as a Young Man*)……一一九
3　『ユリシーズ』(*Ulysses*)……一二三
4　『フィネガンズ・ウェイク』(*Finnegans Wake*)……一二五
二　文学手法
「意識の流れ」・「内的独白」……一二九
三　文学に対する姿勢
ジョイスと実証主義……一三五

Ⅲ　ジョイスとアイルランド史―概観

一　古代から十九世紀まで……一四二
二　十九世紀以降のアイルランド……一六二

あとがき……一八五
年譜……一八八
注……一九六
参考文献……二〇三
引用（参考）文献の表記方法……二〇九
写真提供……二一〇
さくいん……二一一

（上部・ケルト文様）

（国境は現在のもの）

❶ 聖フランシスコ・ザヴィエル教会
❷ ベルヴェディア・カレッジ
❸ カプチン会の教会
❹ 映画館ヴォルタ
❺ 中央郵便局
❻ アベイ劇場
❼ トリニティー・カレッジ
❽ カトリック大学（旧UCD）

ジェイムズ・ジョイス関係地図

ダブリン市街図（1931年）

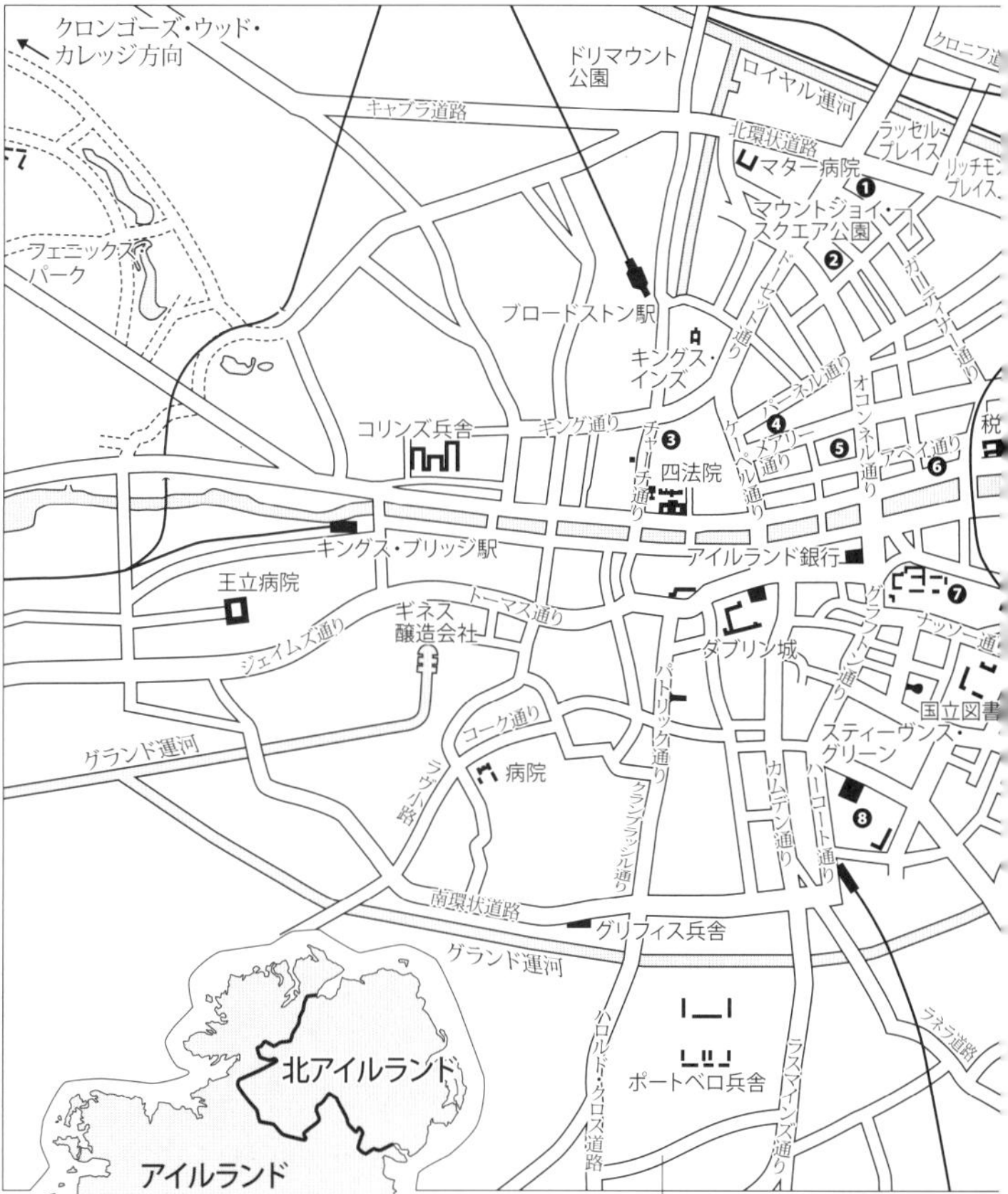

アイルランド島

I　ジョイスの生涯

一　家　系

十三世紀に、アイルランドの西部大西洋に面したゴルウェー州とその南部に位置するメイヨー州にまたがる地域に、アングロ・サクソンから逃れたウェールズ人で〈ジョイス〉と名乗る部族が渡来した。彼らはそこに定着し、以来、この地方は〈ジョイス・カントリー〉と呼ばれるようになった。ジェイムズ・ジョイスの一家もその部族の子孫であることを主張し、父親は〈名門ゴルウェー・ジョイス族〉を表す紋章を誇示していた。

年月を経て、ジョイスの祖先はこの地域から遥か南東のアイルランド海に面した海岸沿いのアイルランド第二の都市コークに移り住んだ。

やがて、ジョイスの祖父ジェイムズ・オーガスタイン・ジョイスは、塩や石灰製造業で財を成し、コークの高級住宅街に「ローズ・カッテージ」と名付けたジョージ王朝風の邸宅を建て、そこでジェントルマンの生活を想起させるような優雅な暮らしをするようになった。

祖父はオコンネル家から嫁エレンを迎えていた。

この女性はジョイスが誕生する一年前、一八八一年に没しているが、ジョイスの祖母に当たる。

エレンは旧姓をエレン・オコンネルといい、ダニエル・オコンネル（一七七五年―一八四七年）一家の縁戚とされる。

　ダニエル・オコンネルはイギリスによるアイルランド併合に反発し大規模な民衆運動を展開した人物である。彼は一八二三年、「カトリック教徒協会」を設立し、カトリック教徒の解放を求める民衆運動を国内全土に引き起こしていった。

　その結果、一八二九年にはカトリック教徒解放法が成立され、アイルランドの人々にも公職に就くことが許され、カトリック信仰の自由も認められるようになった。こうした功績から、オコンネルは人々から〈解放者〉と呼ばれ愛されていた。

　オコンネル姓は、ジョイス家がアイルランドの名門ゴルウェー・ジョイス族であることに加え、いかにジョイス家が正統で由緒ある家系かを示す指標となり、ジョイスの父親にとってはことさら重要な意味を持っていた。

ジョイスの父親

　一八四九年七月四日、ジョイスの父親ジョン・スタニスロース・ジョイスが誕生した。祖父もそうであったように父親もまた一人息子として生まれた。

　父親は九歳を過ぎるとコーク州にあるカトリック教徒のためのエリート校、聖コールマン・カレッジに入学しそこで三年を過ごした。

ジョイスの父親　ジョン・スタニスロース・ジョイス

学校は寄宿舎制度を採っており、州を管轄する大司教の下で運営され、スパルタ教育を導入し、生徒の言動だけではなく立ち居振る舞いに至るまで厳しい指導を行っていた。生徒たちには将来、神学校の教師など教育に関わる仕事に就くためのカリキュラムが組まれていた。

そうした厳格な環境で生活し教育を受けたにもかかわらず、ジョイスの父親ジョンは勉強よりスポーツやピアノ、歌や会話を好む自由奔放な人物であった。時を経て、彼は浪費家や大酒家と化していき、後のジョイスの作品に頻繁に登場するようになる。

一八六六年にジョンの父（ジョイスの祖父）が死去する。父親は十分な財産をジョンに残していた。父親の死の翌年、ジョンは医学を志し、同じくコーク州の大学クイーンズ・カレッジに入学し一年目を終了した。しかし、二年目は落第し再度受講し、かろうじて三年目に進んだ。しかし、卒業には至らず首都ダブリンに向かった。ジョンは父親から残された遺産を元手にヨットを買い、酒を飲み、パーティをし、自慢のテノールで歌を披露しと、優雅な生活を送っていた。

一八七七年、ジョイスが誕生する五年前に、ジョンはダブリンのチャペリゾッド蒸留酒会社の事務局に勤務する。しかし、会社は間もなく内部の資金管理問題で混乱し破産に追い込まれ、彼は失職する。翌年にはダブリンに自らの会計士事務所を設立する。しかし、彼にはそうした仕事は適していなかったようである、やがて「負担が重過ぎる」と言い、廃業してしまう。

一八八〇年、ジョイスが誕生する二年前に、ジョンは終身雇用の待遇でダブリン地方税徴収事務所の収税吏として採用された。

その頃、彼は十歳年下で、一八五九年五月十二日生まれの、当時二一歳で細身で美貌の女性メアリー・ジェイン・マレーと交際していた。彼女もまたコーク州で生まれていた。同郷のよしみであったことや、彼女が自身の母方の叔母が運営する〈フリン姉妹学校〉で五歳から十九歳になるまでピアノと声楽のレッスンを受けており音楽への造詣が深かったことから二人の交際は深まっていった。

定期収入を得られるようになったジョンは、一八八〇年五月五日、メアリーと結婚した。

結婚の翌年第一子ジョンが誕生する。しかし、未熟児で生まれたジョンの命ははかなく、八日後に死去した。

ジョイスの母親　メアリー・ジェイン・ジョイス

ジョイスの生家　ダブリン市西ラスガー、長屋の左側ドア部分。

二　誕生〜幼少期

一八八二年二月二日（木曜日）朝六時、一家に待望の男の子が生まれた。ジェイムズ・ジョイスである。場所はダブリン市南部の街、西ラスガー、ブライトン・スクエア四一番地であった。

ジョイスの生家は煉瓦造りの長屋の一角を占め、近隣の家々と比べるとやや質素なつくりではあるが、この周辺は中流以上の層の住む地域として知られていた。

ジョイスは三日後に近くのイーズ聖ヨセフ礼拝堂、現在のテレニュア聖ヨセフ教会に連れられジョン・オモロイ神父から洗礼を受けた。洗礼名は〈カトリック神学の祖〉聖アウグスティヌスに因み、また祖父の洗礼名を引き継ぎ、ジェイムズ・オーガスタイン・ジョイスとされた。

ジョイスは二歳までここに住んだ。

二年後の一八八四年一月十八日には、妹マーガレットが誕生し、同年十二月十七日には、ジョイスには欠かせない存在となる弟スタニスロースが誕生した。

ラスガーの家は手狭になり一家はそこからさほど遠くないカールスウッド通り二三番地に移った。この家は三階建の大きな建物であり、この頃、家族の財政がまだ潤沢であったことを窺わせている。一八八六年には、弟チャールズが生まれ、翌年には弟ジョージが誕生した。

一八八七年五月、ジョイスが五歳の時に一家はダブリンから二〇キロ程南にある海辺のリゾート地ブレイに転居した。

母方の親戚が家族を頻繁に訪れ、それに嫌気を起こした父親が引っ越しを決めたと言われるが、そこには、海やヨットを愛した父親の、子供たちにも海辺での暮らしをさせたいといった意向も働いていたのであろう。

ジョイス、それに三歳の妹、そして二人の弟と二ヶ月後に出産を控えた妻を引き連れ、父親はブレイの街に引っ越して行った。

ブレイの街は東はアイルランド海に面し、西はウィックロー山脈を臨んでいる。アイルランドでは一八三四年にダブリン＆キングスタウン鉄道が開通しているが、一八五五年にこの鉄道はブレイまで延長された。このため、この街はリゾート地でありながらダブリンに通勤する父親にとっても便利な場所であった。

家屋が海に隣接していることから、満潮時には住まいの一階部分にまで海水が上がることもあった。当時は建て付けが悪く隙間風が入り込み、かなり寒い家であっ

ブレイの家　長屋形式になっており、３階建の一番右の窓枠２つ部分がジョイス一家の住まいであった。東側（右側）そして北側（裏側）も海に面している。

ジョイス６歳　（1888 年）

たという。しかし、この街には子供たちの遊び場に欠かすことのない静かで豊かな環境があった。

ジョイスはこの街の幼稚園に通い、子供たちの中でもリーダー的存在を発揮し、一八八八年九月、六歳を過ぎ、イエズス会が運営する寄宿舎制小学校クロンゴーズ・ウッド・カレッジに入学するまでの間をここで過ごした。

ジョイスは端整な顔立ちをした細身の、色白の少年で澄んだ青い目をしていた。明るくユーモアの精神に富み、利発で行儀が良く穏やかな性格をし、皆は彼を「サニー・ジム」と呼んだ。父親や母親の伴奏で家族は歌を歌った。少なくともジョイスの幼少期には経済的にも精神的にも豊かで恵まれた環境があった。

カトリック信仰との出会い

ブレイの街に転居して以来、一家には父の母方の伯父であるウィリアム・オコンネルが加わっていた。その後、同じくコーク出身で遠縁とされるコンウェイ夫人が家庭教師として迎えられた。後に、『若い芸術家の肖像』に「ダンテ」の名で登場する女性である。

ジョイスの母親は厚い信仰心をもっていたが、コンウェイ夫人はそれを遥かに凌ぐ熱烈なカトリック教徒であった。夕刻になるとジョイスを裏庭にある温室に連れて行き、ロザリオといわれる数珠を巡りながら唱える祈りを唱えさせた。

コンウェイ夫人は非常に迷信深い人物でもあった。今にも世界の終りが訪れるかのような話し方をし、稲妻が走ると早く跪き十字を切って祈りを唱えるよう命じ、雷は「神の力と怒りの伝達手段」であると教えた。それを聞かされたジョイスは生涯雷鳴に極端に怯えた。その様子は周囲を唖然とさせ、時にその姿は滑稽にも受け取られた。しかし、ジョイスにとっては極めて深刻な問題であって「雷を冗談の種にすべきではない」と深刻な顔をし語っていたという。

三　小学校時代──教会への反発の素地の確立

クロンゴーズ・ウッド・カレッジ　ジョイスは、小学校から大学まで一貫してカトリック教会最大の修道会であるイエズス会の教育を受けている。その第一歩はダブリンから西南に二五キロほど離れたキルデア州クレーンの街にある寄宿舎制小学校クロンゴーズ・ウッド・カレッジから開始された。

この建物は十三世紀に城として建設され、一八一四年にイエズス会に購入され教育施設とされた。広大で閑静な森にひっそりとたたずむ校舎は、あたかも中世の修道士の保養所といった感がある。当時、クロンゴーズはイギリス諸島のカトリックの教育施設の中でも著名な存在であった。アイルランドでは格調の高い、時代の先端をいくエリート子弟のための学校として知られ、その設立目的は「社会の中で尊敬される、教会に従順な子供たち」の育成にあった。

教師を務めていたイエズス会の司祭たちは、イギリスやヨーロッパ大陸で教育を受けていた。彼らは強い国際感覚を持ち、アイルランドを単に大英帝国圏内において政治的・経済的な役割を果たしていく存在としてだけではなく、社会的にも文化的にも重要な役割を担っていく国家として成長

クロンゴーズ・ウッド・カレッジ正門　(1800 年代)

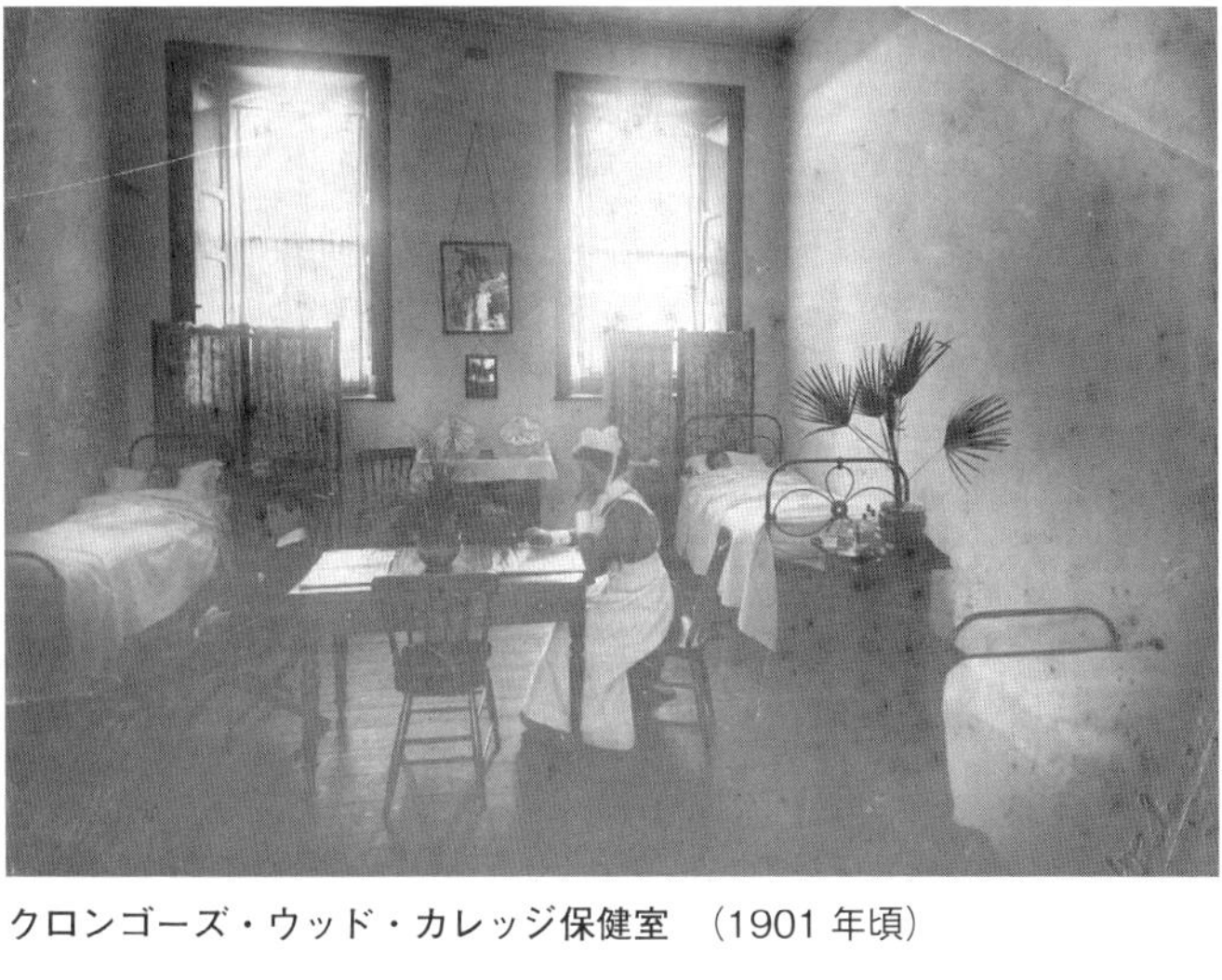

クロンゴーズ・ウッド・カレッジ保健室　(1901 年頃)

させていくことを念頭に置いていた。

クロンゴーズへの通常の入学年齢は九歳であったが、ジョイスは一八八八年九月一日、六歳半を過ぎた頃に入学した。当時の年齢をジョイスは「六歳半」（ハーフ・パスト・シックス）と答え、それが彼のあだ名となっていた。

学校は年長で体格の大きい生徒との接触を回避させようと、彼には一般の少年達の住む寄宿舎ではなく保健室の一室を充てがった。責任者には看護師ナニー・ガルヴィンが任命された。彼女はクロンゴーズにおけるジョイスの「親代わり」となった。

看護師ナニーの監督係としてハンリー修道士が指名された。この修道士は『若い芸術家の肖像』でマイケル修道士として登場するが、この修道士が幼いジョイスが親しく言葉を交わすようになった初めてのイエズス会士であったとされる。前職は薬剤師であったが、五〇歳半ばでイエズス会に入会した彼は修道士としての充分な訓練を受けていなかった。そうした彼の日常業務は、荷物運び、馬車の御者、学内で働く使用人の監督、雑用、礼拝の際に侍者を務める生徒たちへの世話など多岐にわたっていた。

ジョイスは後にハンリー修道士をプライドや野心、権力を感じさせることのない親切な人として描いている。しかしその一方で、彼は赤毛で背が高く奇妙な顔つきをした人物とも記している。イエズス会修道士との初めての交流はジョイスに聖職者に対する好意的な印象だけではなく複雑な感情も抱かせたようである。

学校はイエズス会の「神のより大いなる栄光のために」の標語の下にイエズス会の体系に沿った宗教教育を行うことを教育方針とし、全てのカリキュラムがそれを核として組まれていた。

一八九〇年九月、八歳を過ぎるとジョイスは寄宿舎に移され、他の生徒たちと同様の計算・スペリング・地理・ラテン語の基礎・歴史などの問題が与えられるようになった。彼は計算問題は苦手であったが、単語やスペリングの学習を得意とした。

クロンゴーズでの一日は朝六時起床で始まり、礼拝に参列、聖体を拝領し、その後、朝食、そして、学習、その後、昼食、授業、その後、スポーツなどをし夕食を済ませ、夜九時から始められる晩禱で終わった。

ジョイスは宗教関連の科目にも卓越した能力を見せ、最初の聖体拝受の後、侍者に選ばれる名誉を得た。彼はそうした役割を通して司祭の務めの手順を覚えていった。

ジョイスはキリストの生涯に深く魅せられていた。後になって、弟スタニスロースは「兄は教会で行われる礼拝の儀式を好み、聖歌音楽に強い関心を持っていた」と書き、研究者リチャード・エルマンは「教会の威容さは、彼を興奮させ、彼の心から生涯離れることはなかった」と記している。

彼は快活な一面も見せていた。学校で行われた劇に登場し、コンサートでは得意であった歌を皆と歌い、広大な校庭でスポーツをし、校内に備えられたプールでは水泳を楽しんだ。クリスマスや

ブレイの家の内部　クリスマスの夕食が行われたであろう１階の部屋。

復活祭・夏休みなどの休暇には帰省し、家族と共に過ごした。

あるクリスマスの夜、ジョイスは次のような出来事に遭遇する。夕食時にチャールズ・パーネルの話題が食卓に上った。彼はアイルランドの政治家で一八七九年から一八八二年にかけてイギリス人地主に奪われたアイルランドの土地の奪還を目指し土地戦争を起こした。やがて、彼は〈新土地法〉の獲得に成功し、土地問題を解決に導いた。その後、アイルランドの自治を要求していく。こうした功績から彼は〈無冠の帝王〉と呼ばれアイルランドの人々の尊敬を集めていた。

しかし、パーネルにはイギリスの国会議員の夫人との不倫問題があった。彼は婚外の関係を厳しく断じるカトリック教会の怒りを買い失脚し、一八九一年十月六日、病に倒れ死亡する。

『若い芸術家の肖像』でジョイスは、教会による政治への関与を父親や伯父が痛烈に批判する場面を描いている。それに対し、家庭教師のダンテは「司祭様が政治について語らないようでは司祭ではありません。司祭様が言われたことに皆が従うことは当たりまえです」と声を震わせる。双方の激しい口論を目の当たりにした九歳のジョイスは父親の主張に同感する。後になって彼は、アイルランド政治家の不甲斐なさを嘆き、パーネルを称える詩を書いたという。

ジョイスは小学校時代に様々な司祭と遭遇していくが、彼の聖職者や教会に対する反抗心はその頃から徐々に形成されていった。その様子を彼は『若い芸術家の肖像』で次のように描いている。

実名で登場するウィリアム・グリーソン神父は構内を巡回し学習態度が好ましくない生徒に体罰を科す学監であった。ジョイスは彼を「女性のようにふくよかな白い手に、長くとがった爪をして些細なことでも震えている」と記し、彼に倒錯傾向のあったことを示唆している。

アーノル神父として登場する司祭は、本名をパワー神父といい十二年の教師歴を持っていた。生徒たちの告解を聞く聴罪司祭であり理解のある神父でもあったが、極度の癇癪持ちとしても知られていた。この神父がジョイスが一八八九年に初めて告白を行った神父とされる。

神父の授業中に学監のドーラン神父が入室する。主人公の少年は眼鏡が壊れたことを理由に学習を免除されていた。しかし、ドーラン神父は筆記をしていない彼を咎め、怠惰を理由に鞭で手を打つ。彼は鞭が下される大きな音、打たれた後の痛烈な痛みで体中が恐怖で震えたと記している。

その際、ドーラン神父が叫んだ「のらくら者のずる賢いちびめ！」という言葉は、よほど幼いジョイスの自尊心を傷つけたのであろう。彼は「叩かれたのは間違い」であると一人校長室に繋がる階段を上って行く。校長であるコンミー神父は「それはドーラン神父の勘違いであったのでしょう。私から神父に話しておきましょう」と返答をする。

トルカ川　ジョイスが1894年（当時12歳）より住んだドラムコンドラの家の前の公園。

ジョイスはこの出来事を十六年後に執筆した『ユリシーズ』にも記している。

コンミー神父は、ジョイスの父親が失職した際、ジョイスを無償でベルヴェディア・カレッジに入学を取り計らうなど彼の恩人となる。

小学校退学

一八九一年、九歳の時、ジョイスは病気になり外部の医者にかかるため自宅に戻された。同年秋、学校に戻り寄宿舎生活を再開する。

しかし、彼がクロンゴーズ・ウッド・カレッジに在席したのはその後の二、三週間に留まり、クリスマス前には退学する。

クロンゴーズでの寄宿舎生活は一八八八年九月より一八九一年末までの約三年という短い期間となった。

クロンゴーズでのキリスト教教育からジョイスは多くを学んだ。生涯にわたってミサの儀式に畏敬の念を持つようになり、『聖書』に深い関心を抱くようになった。

他方、教師である司祭が唇を震わせ憤怒する姿や罰棒を振るう姿に戦いたのも、司祭たちが囲む豪華な食卓に目を見張ったのも、また、クロンゴーズでのことであった。

ジョイスの初期キリスト教教育は小学校に入学する以前に家庭教師として同居をしていたコンウェイ夫人により開始された。その一方で、ジョイスが司祭や教会への痛烈な批判を募らせていく土壌が作られたのは、彼の小学校時代、クロンゴーズ・ウッド・カレッジでのことであった。

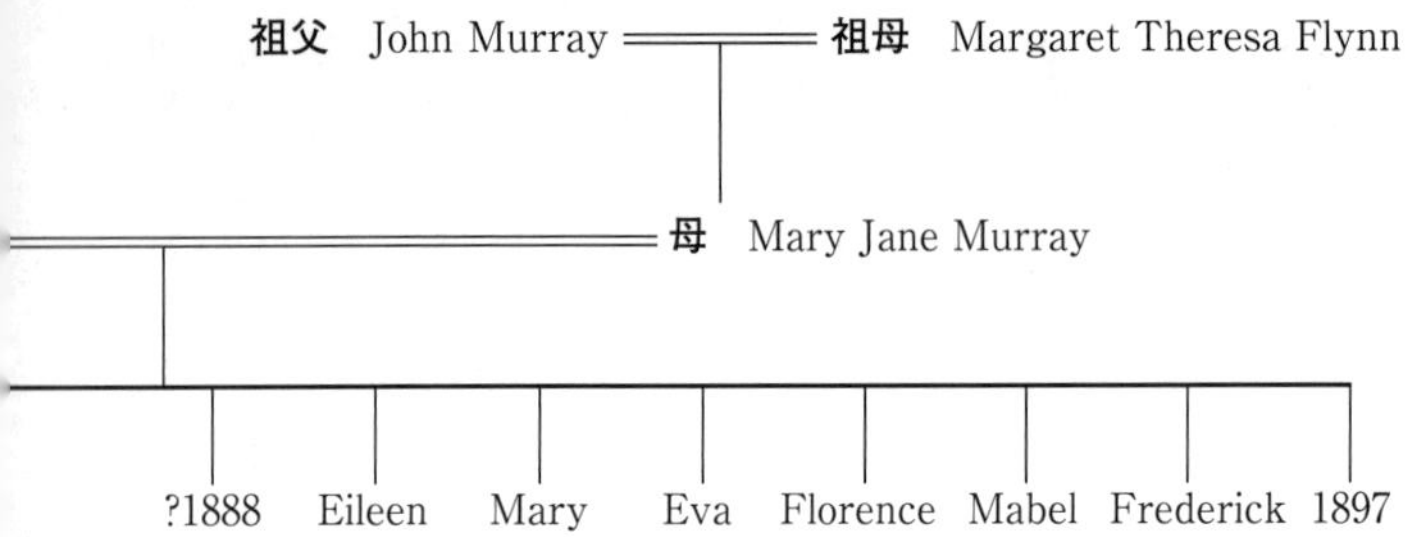

出典：John Wyse Jackson, and Peter Costello. *John Stanislaus Joyce : The Voluminous Life and Genius of James Joyce's Father.* New York : St. Martin's Press, 1997.

ジョイス一家 家系図

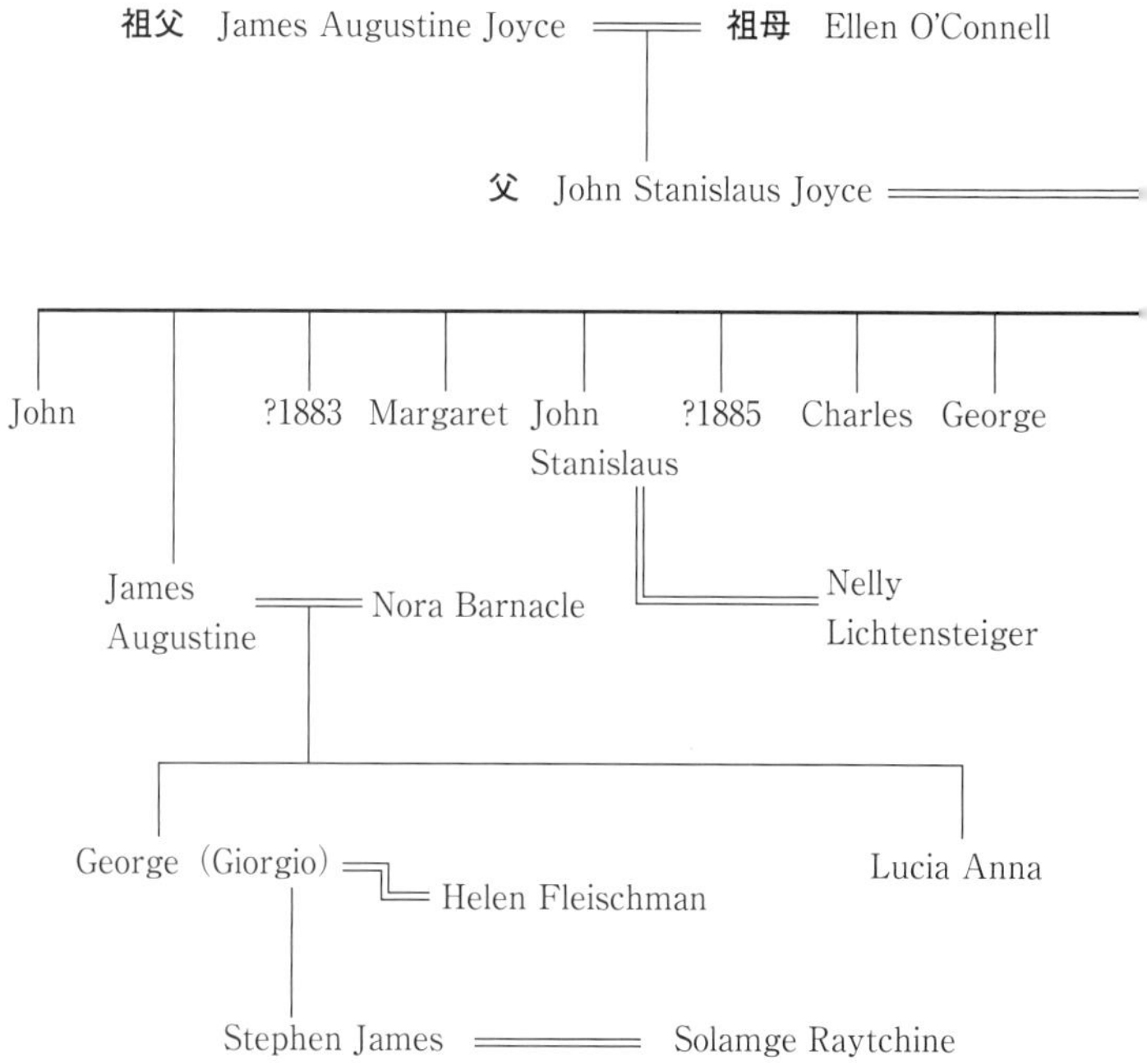
祖父 James Augustine Joyce
祖母 Ellen O'Connell
父 John Stanislaus Joyce
John
?1883
Margaret
John
Stanislaus
?1885
Charles
George
James
Augustine
Nora Barnacle
Nelly
Lichtensteiger
George (Giorgio)
Helen Fleischman
Lucia Anna
Stephen James
Solamge Raytchine

ジョイス家の没落

父親はジョイスが生まれる二年前よりダブリン地方税徴収事務所の収税吏として勤務していた。しかし、徴税事務の合理化の余波を受けて失職を余儀なくされる。ジョイスはこの時十歳であった。

父親は四二歳で年金暮らしとなり、以後、定職に就くことはなかった。彼はある時は広告取り、ある時は弁護士事務所の筆記係と不安定な仕事をし、細々と生活費を稼ぎ、酒を飲み歩いていた。ジョイスの弟スタニスロースは、「父は金がある時は酒に浸り、ない時は私たち家族は飢え、寒さに震えていた」と記している。

大家族

一八八〇年五月五日の結婚以来、両親には毎年のように子供が生まれていた。母親は、一九〇三年八月十三日、四四歳で死去するが、弟によると母親は十七回、ジョイスによると十五回出産を繰り返している。ジョイス一家の家系図によると十六回となるが、いずれにせよ、母親の出産はほぼ毎年にわたり、一八八四年に至っては年始年末に出産をしている。

後に、ジョイスは次のように語っている。

> 子供を十五人産ませた。ほとんど毎年生まれたわけだ。それがカトリックの教義だ。……殖えよ、地に満てよ。そんな馬鹿な考え方があるか。家庭も家屋敷も食いつぶしてしまう[1]。

ジョイス母親出産歴　（1880年結婚20歳—1903年死去44歳）

1	1881年	ジョン（死亡）
2	1882年2月2日	ジェイムズ・ジョイス
3	1883年	?
4	1884年1月18日	マーガレット
5	1884年12月17日	スタニスロース
6	1885年	?
7	1886年7月24日	チャールズ
8	1887年7月4日	ジョージ
9	1888年	?
10	1889年1月22日	アイリーン
11	1890年1月18日	メアリー
12	1891年10月26日	エヴァ
13	1892年11月8日	フローレンス
14	1893年11月27日	メーベル
15	1895年	フレデリック
16	1897年	?

父親は子供が生まれるごとに残された遺産、持てる財産を次々に抵当に入れていった。勤務先の税徴収事務所からも金を借りていた。返済が不能になると家具を質に入れ、子供たちの本までも売りに出した。それでも出費には追い付かず家計は火の車となった。故郷のコーク州に所有していた最後の財産も処分した。しかし、資金難が解消することはなく、さらに借金を重ねていった。その返済のためにまた借金をする。こうした悪循環の末、一家は賃料の安い家を求め、比較的豊かな層の住むダブリン南部の地域から貧困の目立つ北部の地域へと転居を重ねていった。

ジョイス家の没落は、最早、決定的となった。

ジョイス家　ダブリン市内転居歴

1882年	41 Brighton Square West, Rathgar
1884年	23 Castlewood Avenue, Rathmines
1887年	1 Martello Terrace, Strand Road, Bray, County Wicklow
1891年	23 Carysfort Avenue, Blackrock
1892年	29 Hardwicke Street
1892年	14 Fitzgibbon Street
1894年	2 Millbourne Avenue, Drumcondra
1896年	13 North Richmond Street
1896年	29 Windsor Avenue, Fairview
1899年	Convent Avenue, off Richmond Road, Fairview
1899年	13 Richmond Avenue, Fairview
1900年	8 Royal Terrace, Fairview
1901年	32 Glengariff Parade
1902年	7 St. Peter's Terrace, Cabra

四　中学校・高校時代——教会への反発から憎悪へ

クリスチャン・ブラザーズ・スクール　一八九一年末、クロンゴーズ・ウッド・カレッジを退学したジョイスは、学校から持ち帰った教科書を使って母親に課題を出し、試験をして貰っていた。

一年半程の自宅学習の末、一八九三年のはじめにノース・リッチモンド通りのカトリック教徒の教育奉仕団体クリスチャン・ブラザーズが経営する無償の小中学校クリスチャン・ブラザーズ・スクールに入学する。

この学校は一八二九年、カトリック教徒解放法が成立した年に創設され、解放法を導いたダニエル・オコンネルの功績に因み、オコンネル・スクールとも呼ばれた。その一方で人々は、近隣にあるイエズス会の運営するエリート校と比較し、風刺を込めてこの学校を、〈労働者のためのベルヴェディア〉と呼んでいた。

ノース・リッチモンド通りについては、ジョイスは『ダブリンの市民』に収めた短編「アラビー」に登場させているが、この学校は、当時、一家が住んでいた、フィッツギボン通り十四番地から徒

クリスチャン・ブラザーズ・スクール

歩で十五分ほどの距離のところにあった。

弟スタニスロースはジョイスの同校への通学期間を数ヶ月と書いているが、イエズス会の運営するベルヴェディア・カレッジへの入学が一八九三年四月と記されているため、クリスチャン・ブラザーズへの通学期間はこの期間の内の数ヶ月であったようである。

クリスチャン・ブラザーズ・スクールは学業を重視するイエズス会の学校と異なり、実技や実践を重んじていた。

ジョイスは後に、自らの生涯を描いたとされる『若い芸術家の肖像』を執筆するに当たって、この作品を「妥協のない事実に基づいて書いた」と語っている。しかし、彼はこの学校について多くを語っていない。わずかに見られるのは「クリスチャン・ブラザーズだなんて……そこらの薄汚れた餓鬼どもと一緒になるなんて!」と父親が息子の同校への入学を憤る様子のみである。

アイルランドきってのエリート小学校から無償の学校クリスチャン・ブラザーズ・スクールへの入学は父親のみならず息子にとっても極めて屈辱的であったようである
ジョイスは自身の教育について、イエズス会による教育を受けたと一貫して主張しており、「クロンゴーズの時代を振り返ると、……教師達に世話をいただいたことには、未だに尊敬と感謝の念を抱いている」[1] とも述べている。

ここで、ジョイスが、なぜ自身とイエズス会との結びつきについて固執していたのか、その背景をイエズス会の歴史を概観しながら考えてみたい。

イエズス会とジョイス

イエズス会は、一五三四年にイグナティウス・ロヨラ（一四九一年？—一五五六年）によって設立され、一五四〇年にはローマ教皇パウルス三世（在位一五三四年—一五四九年）の教書により教団として認可された。イエズス会士の使命は、「中世的騎士道的精神をもって天主に奉仕し、キリストの王国としての教会建設のために絶対服従して戦うこと」とされた。イエズス会は教皇至上主義を掲げ「教皇の精鋭部隊」とも呼ばれていた。

イエズス会士を目指す者は「家族をはじめ地上のすべてとの関係を断ち、この世に対して死し、神に対して生き、己の意志を殺してただ主にのみ従い、そこに誠意と内的な喜悦と希望とを繋ぐ者とならなければならない」とされ、入会に当たっては志願者の健康・性能・志操・知性・情熱等が霊的軍人に堪えられるかについて厳重な審査が行われた。

新入会士はまず修練士として二年の訓練を積む。その後、請願して修学修士に進み、古典学二年、哲学三年、教職学三年を修了し、四年間の徹底的な神学研究を経て教育と霊操を受けて初めて聖職に叙任され、修士補となり、司祭としての聖務に就く。

イエズス会は学術、特に哲学・神学の研究に尽力し、学校の建設を進め、アイルランドではジョイスが教育を受けた小学校クロンゴーズ・ウッド・カレッジ、中高等学校ベルヴェディア・カレッジを設立し、一八八三年には、大学ユニヴァーシティー・カレッジ・ダブリンの運営にかかわるようになった。

イエズス会は海外異教徒への布教にも力を注いだ。海外に渡った宣教師たちはスペインやポルトガル人であったが、両国はそれ以前から海外航路の開拓に集中し、アメリカ大陸に到達して以来、両国は植民事業を進めインドに至り、その後、極東にも目を向け新しい世界的領土を活動の舞台とした。こうして、イエズス会は「神のより大いなる栄光」の標語の下に、教会の勢力の扶植に努めていった。

東洋への伝道はイエズス会の創設メンバーの一人であったフランシスコ・ザヴィエル（一五〇六年？―一五五二年）が中心となって行われた。ザヴィエルは一五四九年（天文十八年）織田信長の時代に初めて鹿児島に上陸し、京都や安土に至り、二年余りの間であったが、日本にキリスト教の布教を行っている。

ジョイスはイエズス会士について「彼らに匹敵する人間はそう簡単に見つからないだろう」と語り、後に、親友フランク・バッジェンが『「ユリシーズ」を書くジョイス』と題した著書を執筆し

ベルヴェディア・カレッジ外観　(1890 年 -1910 年)

ていた際には、彼は次のように語っている。

> 君はぼくのことを〈カトリック教徒〉と書いているが、正確さを期すために、また、ぼくの正しい輪郭が得られるように言うが、君はぼくを〈イエズス会士〉と呼ぶべきだよ[2]。

ジョイスはカトリック教会組織を〈アイルランドの敵〉と定め、批判を展開していくが、優れた知性や教養を備え、長期にわたる厳格な規律の下で鍛えられたイエズス会士に対する尊敬の念は、生涯絶えることはなかったようである。

ベルヴェディア・カレッジ　一八九三年（ジョイス、十一歳）、街を歩いていた父親が偶然クロンゴーズ・ウッド・カレッジの元校長コンミー神父と再会する。神父はこの時体調を崩しており、同じくイエズス会が運営するエリート校であるベルヴェディア・カレッジの教師をしていた。後に彼は、アイルランド・イエズス会の管区長に就任するなどイエズス会の重鎮である。

二人の遭遇で急遽ジョイスと弟スタニスロースのベルヴェディア・カレッジへの授業料免除での

入学が決定する。

当時、ベルヴェディア・カレッジは高額な学費を求められる学校として知られ、無料での入学が許可されるといった例は極めて珍しく、ジョイスの優秀性が際立っていたことを窺わせる。

ジョイスは一八九三年四月六日、中等部三年に編入し、一八九八年、十六歳で卒業するまで同校に五年間通学する。この年齢は日本の教育制度の中学校一年生から高等学校二年生までに相当する。

イエズス会ベルヴェディア・カレッジはダブリン北部地域のグレート・デンマーク通りに設立され、クロンゴーズ同様、エリート層の子息たちが通学する学校として知られていた。卒業生一覧には政治家や企業家などアイルランド社会での有力者と見られる人物たちの名が連なり、ジョイスの父親が「イエズス会の学校に入っておけば就職の際に援助が受けられる、いい暮らしができる」と期待を抱いていた背景が窺える。

ベルヴェディア・カレッジの外見は質素である。しかし、建物を入り中庭に出ると左右前方に中庭を囲むように校舎が建てられている。

そうした学校の周辺には広大で緑豊かな環境の存在が想起される。確かに、一七〇八年頃、ダブリン北部の地域は〈最もファッショナブルな住宅地〉として知られていた。

ベルヴェディア・カレッジの裏手には、富裕層であるプロテスタントの住民が多く居住し、鍵を所有していた住民のみが入ることを許されたというマウントジョイ・スクエア公園が設置されていた。その界隈には公園を囲むように四階建ての壮麗な建物が建てられ、見事な街並みを誇っていた。

一八〇一年、イギリスが連合法により「グレート・ブリテン及びアイルランド連合王国」を成立させると、アイルランド議会は解散され、プロテスタントたちがこの地域から退去していった。それに伴って周辺地域の荒廃が進み、空き家になった建物群には大勢のカトリックの困窮者が住み着いていった。当時それらの建物はテナメントと言われた。

ダブリン市ノース・キング通りのテナメント　(1913 年頃)

ベルヴェディア・カレッジ中等部に入学したジョイスは郊外の、豊かな緑に囲まれたエリート校クロンゴーズ・ウッド・カレッジでの学習環境との大きな乖離に少なからずショックを受けていたことであろう。しかし、彼は積極的に、真摯に学習に取り組み、家では読書に没頭していた。
当時のベルヴェディア・カレッジのカリキュラム構成は他の教育施設とほぼ同様であった。ベルヴェディアで特に特徴的とされていたのは、その「講義」方式にあった。例えば、詩をラテン語に解釈する授業は、読解、翻訳、解明、構造分析、習得の五段階から構成されていた。教師はまず詩を読み聞かせ、その詩の持つ感情を伝え、それをラテン語に翻訳し難解な箇所を詳細に説明し、生徒の質問に答えた。その上で、その詩の歴史的・文学的・伝記的・政治的・宗教的な背景や意義を説明し、再度生徒の質問に答え、〈反復〉し〈記憶〉させる方法を採った。文字や文章理解の正確さを求めるこうした訓練法は完璧主義を徹底させる目的があり、学習速度の遅い生徒たちに特に有効とされた。ジョイスはそれを最大限に活用し、韻や律動などを記憶・反復することで言葉のもつ豊かな表現力を習得していった。研究者ケヴィン・サリヴァンは、「ジョイスの後期の作品『フィネガンズ・ウェイク』は言葉を知り尽くした故の作品であり、その源はベルヴェディアでの学習方式にあった」と記している。

他方、ベルヴェディア・カレッジは、異端や放蕩に繋がるとして生徒たちの独創性を育むことに極めて厳格な姿勢で臨んでいた。

ジョイスは英語の授業を受け持っていたテート先生から「この生徒の作文には、異端の思想がある」との指摘を受ける。彼は慌ててその場を取り繕うが、放課後同級生たちからいじめを受ける。そうした経験はアイルランドでは語ることにより周囲から攻撃され、排斥され、抹殺されることがあり得ることを彼の心に深く刻み付けた。

学校のこのような姿勢は自由の精神を希求するジョイスの思いとは大きく乖離し、ジョイスの教会や司祭たちへの根深い憎悪として発展していった。同時に、彼は自らが置かれた社会環境を、閉塞的で息の詰まる抑圧的な場所との認識をしていく。

自宅での一年半程の学習期間があったもののジョイスはそうした空白を感じさせることはなく、特に語学関係の科目において卓越した能力を見せた。入学した翌年、十二歳の時、一年にわたって支給される奨学金を得た。翌年には三年間の奨学金を獲得した。作文コンテストでは全国三人の受賞者の内の一人となり、ラテン語では優秀賞を受賞する。ジョイスはベルヴェディア・カレッジの最優秀生となり、自らの能力に確信を深めていった。その一方で、ベルヴェディアの教師であるイエズス会の司祭たちは、類稀な才能を持つジョイスの存在を強く意識していた。

ジョイスは獲得した賞金を元手に家族をレストランに連れて行き、贈り物をし、部屋の改装をし、弟・妹たちに金を貸し与え、観劇をした。彼の演劇熱はこの頃から高まっていった。

ティヴォリ劇場　(1900年初頭)

アイルランドでは十九世紀前半頃より文芸復興の動きが沸き起こっていた。ジョイスが十歳になる一八九二年には、後にノーベル賞作家となるW・B・イェイツ(一八六五年—一九三九年)たちがアイルランド国民文芸協会を結成していた。

他方、ダブリンには古くから劇場が存在していた。

プロテスタントあるいは裕福な層の人々の憩いの場としては、一六六二年にロイアル劇場が創設され、一八七一年にはゲイアティ劇場が、一八二九年にはクイーン劇場が開場していた。一八二九年のカトリック教徒解放法以降では、一八三四年にミュージック・ホールとしてティヴォリ劇場が、一八七九年にはオリンピア劇場が設立された。

サーカスや回転木馬なども広場で行われ、大通りでは曲芸、犬やサルなどによる芸、手品、腹話術、オルガン弾きなどがダブリンの人々を楽しませていた。

一八九七年（ジョイス、十五歳）には、民族主義運動の一環としてアイルランドの伝統音楽を推進する年一度の音楽コンクールが創設された。

後の一九〇四年五月になって（ジョイス、二二歳）、テノールの美声を誇っていたジョイスもこうした音楽祭に参加しメダルを獲得している。

ジョイスは宗教科目にも真剣に取り組み、一八九六年、十四歳の時、学内の信心会の監督生三人の内の一人に選出された。

監督生への就任は学校での最高の名誉とされ、彼の卓越した能力が公認されたことを意味した。同時に彼には他の生徒達の模範となる義務が課され、率先して日々の礼拝や、〈神との出会いと自己の活性化のために推奨されるべき祈りの体験の場〉とされ、信仰・希望・愛の意識と生活を深め強めることを目的として行われる〈静修〉への参加が求められた。ジョイスはベルヴェディア・カレッジを卒業する前までの二年間、十六歳になるまで監督生を務め、静修には五回参加している。

こうした役割を通し、彼は厳格な規定を敷き「人々の魂を戒めようとする教会」に対する強烈な抑圧感を感じるようになり、それが教会組織への疑念を募らせていく要因と化したと考えられる。

ベルヴェディア・カレッジでは、寄宿舎学校であったクロンゴーズ・ウッド・カレッジのような監視はなく、ジョイスは自由を味わえるようになっていた。

自由・堕落・告解

一八九七年、十五歳を過ぎた頃、彼はまだ監督生を務めていた。その頃、作文コンテストで得た賞金を元手に売春宿を訪れる。彼はその時「信仰はまったく失われていた」と記している。

ジョイスは監督生という立場にもあったにもかかわらず、自らが売春宿を訪れるという二律背反する行為に、強い罪悪感と自責の念にかられていた。

罪の懺悔にと、彼は学校に設けられている教会ではなく、遠く離れたカプチン会の教会に行って告解をしようと、チャーチ通りまで歩いていった。告解室に入り聴罪司祭に「淫行の罪を犯しました」と告白し、彼の罪は赦された。

しかし、しばらくすると、「些細なことに怒りを感じ、よこしまな欲望が燃え上がって来る」のを感じた。断食をし必死に祈りもした。しかし、彼は「赦免についての確信がおぼろげなものになり、次いで、自分の魂は本当はそれと気づかぬうちに堕落してしまったのではないかというぼんやりとした恐れが生じた」[3]と記す。

告白をし悔悛をした。罪は赦されたはずだ。では、あの告解とは一体何だったのか。単に宗教的な恐怖心から促された行為ではなかったのかと彼は教会に対し強い不信感を覚える。

教会は厳格な規範を敷き人々に日々の行いや思考について悔悟を求める。その規範からの逸脱は罪とされ、罪を自覚する人物は教会に属し〈聖職者〉とされる人物にその〈罪〉を告白し赦しを請わなければならない。ジョイスはそうした教会の創り上げた〈告解〉というシステムを「人の魂を

カプチン会の教会　（1900 年頃）

カプチン会の教会内部　（1915 年頃）
左手アーチの手前から２番目・３番目に組み込まれているのが告解室。

戒め支配しようとするもの」として憎悪する。

丁度その頃、ドイツの劇作家・小説家のヘルマン・ズーダーマン（一八五七年―一九二八年）が描いた『マグダ』を観劇し、「人は成長するには罪を犯さなければならない」というセリフに強い衝撃を受ける。その後、「生き、過ちを犯し、堕ち、勝利を得、生から生をふたたび創造する」[4] それが人生ではないかと考えるようになる。

十六歳の時、ベルヴェディア・カレッジの学監から司祭の道を勧められる。ジョイスにとって司祭とは魂の牢獄と暗黒を意味した。たとえ破滅が待っていようと芸術と人生に自分の人生を委ねようと決意する。

ベルヴェディア・カレッジ卒業　一八九八年、十六歳でベルヴェディィ・カレッジを卒業し、就職か進学かの選択をする時期がやって来た。

父親は才能ある息子に養ってもらおうと、ギネス醸造会社の事務員やダブリン市庁への就職を勧めた。しかし、ジョイスの希望はイエズス会の学校で言語学を学ぶことにあった。後にその学校は王立アイルランド大学に属すことになる。

当時も父親は定職に就いておらず、大学での勉学の資金の工面も不可能な状況にあった。しかし、その年の一月にジョイスの代父（ゴッド・ファーザー）であったフィリップ・マッキャンが五一歳で結核のため死去する。

マッキャンは食料雑貨や船用品を船舶に供給する船舶雑貨商を営んでおり、幾つかの不動産を所有していた。彼には子供がなく遺書も存在していない。だが、教子（ゴッドソン）であるジョイスが大学に進学するために必要な資金は残していた。

父親は子供たちの中でも最も信頼し、将来を託していた長男の思いは叶えようと、ジョイスの大学進学に同意した。

一八九八年九月、ジョイスはユニヴァーシティー・カレッジ・ダブリンに入学する。一家九人の子供たちの中で大学教育を受けることができたのはジョイス一人であった。

トリニティー・カレッジ・ダブリン(1900 年 -1939 年頃)

五　大学時代

当時、アイルランドには、カトリック教徒のための大学が存在していなかった。ジョイスが通学したカトリック大学はどのように設立されていったのだろうか。

次に、その経緯について概略的に触れておきたい。

アイルランドの大学制度　アイルランドには一五九二年に、トリニティー・カレッジ・ダブリン（ダブリン大学）が創設されていた。この大学はエリザベス一世の勅令により設立され、その設立目的は「英国国教会の信仰と文化を根付かせる」ことにあった。

トリニティー・カレッジではイギリスのオックスフォード大学やケンブリッジ大学の形式に準じた指導方法や指導内容が採用されていた。このため、表面的にはこの大学とイギリスの大学とは何ら変わることはなかった。

しかし、これらの大学には大きな差があった。それはトリニティー・カレッジがプロテスタントのための大学であったことから、カトリック教徒が大勢を占めるアイルランドの首都ダブリンの中央に位置したトリニティー・カレッジは、イギリスの権力や支配を象徴させる存在となり、多くのアイルランドの人々に敵意を抱かせていたことである。

一八七一年になるとプロテスタントで構成されていたアイルランド国教会が廃止され、カトリック教徒にもトリニティー・カレッジへの門戸が開かれた。しかし、それは表向きのことであって、実際には大学への入学には司教の許可が必要とされた。このためカトリック信者である学生の数は極めて限定的であった。

カトリック教徒のための大学が創設されたのは、一八二九年にカトリック教徒解放法が発布されて以来二五年が経過した一八五四年五月のことであった。

この大学はカトリック大学と呼ばれていたが、当初から危うさが指摘されていた。その背景にはカトリック大学には政府から学位授与資格が与えられていなかったこと、大学がダブリンの目抜き通りに隣接したスティーヴンス・グリーンに設置され、大学としての環境整備が不充分であったことが挙げられる。このため、学生数は常時四〇人を上回ることがなく、カトリック大学は創立から一八七九年までの二五年の短命に終わった。

翌一八八〇年には王立大学に関わる法令が発布され、アイルランド・カトリック大学は、一八八

元王立大学　(右側は元大学付属のチャペル)
大学は現在ユニヴァーシティー・カレッジ・ダブリンに属し、チャペルは教区付属となっている。

二年に名称を改め、ユニヴァーシティー・カレッジ・ダブリンとして新たに発足した。この大学がジョイスの通学する大学となる。当時この大学は、王立大学（ロイヤル・ユニヴァーシティー）とも呼ばれていた。

一八八三年になると、高等教育の分野でカトリック教育を目指していたイエズス会が、ユニヴァーシティー・カレッジ・ダブリンの経営に乗り出す。しかし、教育と宗教の分離の原則から、この大学にはイエズス会が作成した教学要綱や課目編成に関わる裁量権が与えられず、イエズス会の関与は一八八三年から一九〇九年までの二六年に留まった。

ジョイスは一八九八年に入学し、一九〇二年に卒業している。従って、ジョイスの教育は、彼の語るように、小学校から大学まで一貫してイエズス会が運営する教育施設によって行われたことになる。

ユニヴァーシティー・カレッジ・ダブリン

一八九八年九月、ジョイスは十六歳でユニヴァーシティー・カレッジ・ダブリンに入学した。一年目はラテン語、フランス語、英語、数学、哲学を受講し、二年目にはイタリア語を加えた。専攻は〈近代言語〉であった。

入学して間もなく授業が抑圧的と感じるようになる。ジョイスにとって、大学の授業とは「昨日教えられたものが今日教えられ、今日教えられているものが明日また教えられる」、ただそれだけのことであった。

ジョイスはそこでの勉強が「努力に値するものか」強い疑問を抱くようになる。めったに講義に出席せず、期末試験を欠席し、一日七、八時間もダブリンの街をうろついていた。その時の心境を次のように綴っている。

> ほとんど毎日のようにスラム街をさまよい、住民たちの惨めな生活を眺めていた。……無数にある教会にあてもなく入って行き、またふらりと出てきたりもした。そこでは老人が礼拝席で眠っていたり、老婆が蠟燭をともしてその前で祈ったりしていた。こうして貧民街の迷路のような通りから通りをゆっくり歩いていく時、彼は愚鈍な驚きの視線を浴びてはそのお返しに誇り高く見つめ返し、大きな雌牛のような警官の身体が通り過ぎる彼の姿を追ってゆっくりと振り返るのを目の下から観察するのだった。こうした放浪の結果、彼の心は深い怒りでいっぱいになった。そして黒服のがっちりした僧侶が、卑屈な信者たちが一杯詰まっているこの人間の巣を通って、楽しい巡視の散歩をしているのに出会う毎に、彼はアイルランド・カトリック教の笑うべき実態を呪うのだった[1]。

大学には整備された図書館も存在せず、学生たちはそこから徒歩で十分ほどの、アイルランド国立図書館を大学の図書館として利用していた。ジョイスはそこの常連となった。

国立図書館閲覧室　（1900 年頃）

そうしたジョイスの一年目の成績は芳しくなく、高校では優秀賞を獲得したこともあるラテン語が一、二〇〇点満点中七二五点、フランス語は八〇〇点満点中四一六点、常に好成績をあげていた英語は八〇〇点満点中四九〇点、数学は一、〇〇〇点満点中二二〇点、哲学は五〇〇点満点中一八三点に留まった。ジョイスは及第する程度に学んでおこうと考えていた。彼は父親から「次の試験で良い成績が取れないなら大学生活は終わりだ」と叱責された。

一家の悲惨は日々深まっていった。確固とした職のない父親は酒を飲み歩き、母親や子供たちにあたりちらし、暴力を振った。九人の子供たちは小さな家にひしめき合い、暖を取ることもできず、みな飢えていた。

しかし、そうした環境にあっても弟スタニスロースは「兄は、不機嫌さや腹立たしい気分に支配されることはなかった。頭が良い上に、いつも機嫌が良く陽気な兄は、妹たちや親戚の間でも人気者だった。父が家の中でどんなに怒鳴ろうと、どんなに長々と政治談議をふっかけようと、どんなに酔って痴呆のようになろうと、兄が父と仲たがいすることはなかった」[2]と振り返っている。

ジョイスは当時の心境を自伝的小説の草稿となった「スティーヴン・ヒアロー」の主人公に次のように語らせている。

スティーヴンは非常に孤独だった……彼は自分のまわりに、自分の頭上に、この希望のない家や黄ばんでゆく木の葉を感じることができ、また、自分の魂の唯一の明るく力強い喜びの星が震えながら欠けてゆくのを見ることができた。蜘蛛の巣やがらくた、それから埃まみれの窓にむかって無駄に流れてゆく和音は彼の心の揺らぎを告げる無意味な声であり、それはただ無意味に連続して知覚のあらゆる部屋を通って流れるだけであった。彼は墓場の空気を吸っていた。彼自身の命の価値さえ、彼にとって疑わしくなった[3]。

グレンガリフ・パレード 32 番地　一家は長家の左側ドア、窓１つ部分に 1901 年から住んだ。当時ジョイスは大学の最終学年であった。

大学が二年目に入るとさらに勉強から遠ざかった。彼は「青春の一刻一刻は、退屈で機械的なことに努力を費やすにはあまりにも貴重だと感じた。結果がどうなろうと、最後まで自分の意思を貫こうと決心していた」[4]と

聖トマス・アクィナス（1225年頃-1274年）
イタリアの画家サンドロ・ボッティチェッリによる。

記している。

この頃、ジョイスは読書に没頭していた。彼は『ユリシーズ』に、「毎晩七冊の本を二ページずつ読んだ」と記しているが、彼の読書のジャンルは多岐にわたっていた。

ジョイスは海外の文学者、特にノルウェーの劇作家ヘンリック・イプセン（一八二八年―一九〇六年）の劇『われら死者目覚める時』が訴える〈人生の可能性〉に深く感動していた。その書評を書き、イギリスの文芸雑誌『フォートナイトリー・レビュー』へ送った。それが一九〇〇年四月一日号に掲載されるという快挙となった。

尊敬する文豪イプセンから感謝の意が伝えられ、ジョイスは深く感動する。彼は文学者を目指す意気込みをますます強め、イプセンや他のヨーロッパの文学に傾倒していった。


文学歴史会、聖トマス・アクィナス学会　学業に一向に身が入らないジョイスであったが、入学当初から大学の課外活動には積極的に参加した。その一つにはジョン・ヘンリー・ニューマンが創設した文学歴史会があった。彼はその実行委員会の委員にも就任している。

もう一つには大学の聖トマス・アクィナス学会があった。一九〇一年十一月に開催された聖トマス・アクィナス学会では、トマス・アクィナスの第一原理、「変化せず、変化し得ないもの」に関する講義や、「それ自体が目的としての美の概念」、「近代の様式」と「思考の内なるもの、且つ、外にあるもの」と題された議論が行われ、ジョイスはそうした会に参加し友人たちと出会い、交友を楽しんだ。

ジョイスは大学の討論会での発表を希望し、アクィナスの芸術論を応用し作成した論文、「応用アクィナス論」を提出した。それに対し学長から次のような評が下される。

君が例として引き合いに出す作家たち、……イプセンとかメーテルリンク……こういった無神論的作家……こうした作家は詩人の名を僭称し、公然と無神論思想を唱え、読者の心に現代社会のあらゆる汚れを注ぎ込むのです。こんなものは芸術ではない[5]。

さらに、学長は語る。

わが国の民衆には信仰がある。それで人々は幸福なのだ。彼らは教会に忠実で、彼らにとっては教会で十分なのだ。俗世間の人々にとってさえ、こういった現代的悲観主義の作家たちは少々……行き過ぎと感じられる[6]。

ジョイスはそうした意見に対しても怯むことなく発表を決行した。

　彼の主張に対する反応は賛否両論であった。議長を務めたバット神父は「芸術に関する事柄について皆の意見が一致することなどありえない」と述べ、「トマス・アクィナスが美学の権威として引用されたのを聞くのは、私にとって全く新しい経験であったと告白しなければなりません。（略）彼の命題を実践的に解釈するためには、神の神学全体について、ディーダラス君（主人公でジョイスとされる）の持っている以上の完全な知識を必要とするのです」[7]と語る。

　バット神父の指摘は、完璧主義を目指すジョイスにアクィナスについての研究をさらに深化させる端緒を与えた。その後、ジョイスはアリストテレスやトマスの論理的思考の流れに沿って、宗教・哲学・美学・芸術論の分野で自らの知識を発展させ、将来の芸術家（文学者）としての素地の形成を目指していく。

　ジョイスがそうしたアイルランドとはかけ離れた理論を追究する傍らで、彼の周囲ではアイルランドの文芸復興の動きが進行していた。

アイルランド文芸復興運動　アイルランドでは一八〇一年一月に、〈グレート・ブリテン及びアイルランド連合王国〉が成立していた。一八二九年四月には、カトリック教徒解放法が成立し、カトリック教徒の政治的復権が実現し、人々のカトリック信仰も自由になった。一八五三年になるとジョイスが通うことになるカトリック教徒のための大学、カトリック大学も設立された。

しかし、アイルランドは未だイギリスの支配下にあり、人々の苦難が続いていた。そうした中、大飢饉が発生し、人々のイギリスからの自治・独立を求める運動が勢いを増していった。やがて、チャールズ・スチュワート・パーネルが土地戦争を起こすが、彼は志半ばで四五歳で病死する。それ以降、自治権を要求する議会活動は力を失い、農民たちは戦列から去り自治に対する民衆の熱意も冷めていった。このため、十九世紀末は表面的には平穏な状態が保たれていた。

こうした中、政治的な闘争から離れ、「アイルランド民族の知的進歩への前提条件」として文芸復興の動きが沸き起こる。この運動はアイリッシュ・ルネサンスと呼ばれ活発化していった。

イェイツたちが先頭に立って進めたこの運動は、政治的・文化的な脱英化や、アイルランド古来の民間伝承の美しい歌や物語の文学への復帰を介して、「アイルランド人としての誇りや自信を取り戻すこと」を目指していた。

一八八四年には、ハーリング、ゲーリック・フットボール、ハンドボールなどのアイルランドの伝統的なスポーツが国家としてのアイデンティティーの主要な構成要素を成すものとし、そうしたスポーツを活性化させようとマイケル・キューザック（一八四七年―一九〇六年）がゲーリック・アスレティック連盟を設立する。

一八九二年には、イェイツたちがアイルランド国民文芸協会を結成し、翌年には、後にアイルランド共和国初代大統領に就任する作家であり、学者でもあり政治家であったダグラス・ハイド（一八六〇年―一九四九年）たちによって、失われかけていた「アイルランド語（ゲール語）を民衆の生活言語として復活させ、自国の神話や口碑や伝統文学を蘇らせることによってナショナリズム・文化・文学を高揚させよう」とゲール語同盟が設立された。

一九〇四年には、アイルランドの劇作家レディー・グレゴリー（一八五二年―一九三二年）や、小説家で詩人のジョージ・ムア（一八五二年―一九三三年）たちにより、ダブリンの下町アベイ通りにアベイ劇場が設立された。そこに、若い劇作家J・M・シング（一八七一年―一九〇九年）が加わるとアベイ劇場の活動が脚光を浴びていった（この年、一九〇四年一〇月八日にジョイスは「自発的亡命」を遂げる）。

文芸復興運動が活発に進められる一方で、アイルランド各地で「独立」を論じ様々な政治活動を模索する小グループが生まれていた。それらのグループはやがて緩やかな全国組織として纏まっていき、一九〇五年には、アーサー・グリフィス（一八七一年―一九二二年）が〈シン・フェイン〉を結成し、イギリス国王の下での独自の議会を設けることを目標とした運動を立ち上げる。

一九一三年には、アルスター地方（現在の北アイルランド）でアルスター義勇軍が組織され、アイルランド独立への反議会運動が行われた。これに対抗し、首都ダブリンではアイルランドの革命家パトリック・ピアースが率いるアイルランド義勇軍が結成され、政治情勢が緊迫し内乱の危機が迫っていた。

一九一六年四月二四日、復活祭月曜日にアイルランド義勇軍とアイルランド市民軍が中央郵便局を占拠し蜂起した。

こうしたアイルランドの自治・独立を目指した政治的動乱の中、アイルランド文芸復興運動は下火になっていった。

アイルランド文芸復興運動とジョイス　アイルランド文芸復興運動が活発化していったのは、十九世紀末以降、ジョイスが誕生した頃であり、終わりを迎えたのは彼がアイルランドを出国した後のことである。このため、ジョイスの生きた時代は、アイルランド文芸復興運動が進行している時代と重なっていた。

ジョイスにとって、文芸復興運動が目標とする「アイルランド語に回帰し、祖国の神話や口碑や伝統文学を蘇らせることにより、アイルランドのナショナリズム、文化、文学を高揚させる」ことは、イェイツたちの主張するアイルランド民族の「知的進歩」を目指すどころか、それに逆行する動きでしかなかった。ジョイスは「英語こそヨーロッパに通じる道」であり、自分には「アイルランドへの義務がある」[8]として、この運動を非難し、次にように記した。

私は、わが運命の決定者として立ち、恐れず、徒党を組まず、友もなく、一人で、にしんの骨のように他に関与することなく、山の尾根のように確固として揺るがず、その尾根で角を宙に振りかざす。（中略）彼らは、私を戸口から追い払うがよい。わが魂は彼らを永久に追い払うだろう[9]。

他方、ジョイスはそこに集結していたアイルランドの著名な作家たちには率先して近づいていった。

一九〇二年十月には作家ジョージ・ラッセルを介し、アイルランド人作家の中では当時第一人者と見做していたイェイツと出会い、その後、レディー・グレゴリーと会うことに成功した。

ラッセルはレディー・グレゴリーに次のような紹介状を書いている。

才気煥発の青年で、私よりもあなたの人種に属します。と言うより、彼一人に属すると言う方が正しいでしょう。しかし、あらゆる知的素養―教養も養育も、そしてわれわれの聡明な友人のだれも持ち合わせていないものを持っています。彼の論文を読んだムアは、ずば抜けた才気だと言っています。確信と自身に溢れるこの二十一歳の青年にきっと興味をお感じになることと存じます[10]。

常に金欠状態にあったジョイスは彼らに金を借り、自身の自発的亡命のための資金とした。また、ヨーロッパに知り合いのないジョイスは彼らの縁故を頼った。ジョイスより十七歳年上であったイェイツは、彼の生涯にわたり、ジョイスの作品を出版に導くための支援を行い、イギリスの王室文学基金の助成金獲得に向け周囲を動かすなど、ジョイスに援助の手を差し伸べていった。

一九〇二年十月三一日、二〇歳の時、ジョイスは「文学士」の称号を得てユニヴァーシティー・カレッジ・ダブリンを卒業した。

フランス国立図書館　（19 世紀 -20 世紀初頭）

六　大学卒業以降

一九〇二年十月、大学を卒業したジョイスはそれまで硬い決意を抱いていた作家の道を目指すのではなく、医師の道を進むことを決める。その背景にはジョイスの父親が医師になることを目指したが挫折しており、息子に医者になることを勧めていたことがある。ジョイス自身は「医師になり財を成し、その後、医者を辞め作家になる」と友人に語っていた。

ジョイスはダブリンのセシリア通りの医学校への入学手続きをとった。しかし、そこでの勉学は短期間に留まった。彼はパリに行き、医学校エコール・ド・メディシーヌで医学の道を目指すことにし、一九〇二年十二月、パリに向け出発した。

途中、ロンドンに立ち寄り、イェイツと再会し、イェイツからイギリスの詩人・文芸批評家であり雑誌編集者のアーサー・シモンズ（一八六五年―一九四五年）に紹介された。

パリでは宿泊したホテルの女将から「パリの医学校ではダブリンで得た文学士の学位はおそらく有効ではない。授業料も前払いが必要」と聞かされる。ジョイスはそれに落胆する様子を見せず、その後の見通しも立たぬまま、ただ漠然とパリに留まった。

ジョイスはパリ到着の翌日にフランス国立図書館やサント・ジュヌヴィエーヴ図書館の入館証を取得していた。日々、図書館に通い詰め、かねてから研究を進めていたアリストテレスをフランス語で、トマス・アクィナスをラテン語で耽読した。彼の、「自らに定められた運命」として作家の道を目指すとした決意に揺るぎはなかった。

パリの寒さの中、歯には激痛が走り、金もなく彼は飢えていた。空腹に耐えられず、やむなく背広を質屋に持ち込むが、換金を断られ落胆しホテルに戻った。しかしそうした中でも、なけなしの財布をはたき、安いチケットを購入し観劇をしオペラを堪能した。

カトリック教会に反旗を翻したジョイスであったが、ミサ典書をパリに持参していた。夕刻になると、ノートルダム大聖堂やプロテスタントではあるが、サンジェルマン・ロクセロア教会まで足を延ばし、礼拝に参列し荘厳な教会音楽に聞き入った。

その傍らで、母親からの僅かな送金を待った。

文学手法との出会い—「意識の流れ」・「内的独白」　一九〇三年（ジョイス、二一歳）、フランスの中部に位置し、ローマ時代から栄えてきた歴史的建造物が残る街トゥールまで足を延ばした。道すがら、駅の売店でエドゥアール・デュジャルダン（一八六一年—一九四九年）の小説『月桂樹は伐られて』（『もう森へなんか行かない』）を購入した。

ジョイスはそこでデュジャルダンが用いた「意識の流れ」・「内的独白」の文学手法に出会う。彼は大きな衝撃を受け、後にその手法を自らの作品に採り入れ、この手法を使った作家として名を馳せていく。

後になって、彼は親友のバッジェンに「この方法を使ったのは私が初めてではない、デュジャルダンから拝借したものだ」と彼の功績を称えている。

当時、デュジャルダンは文壇の評価を得ておらず無名であった。『月桂樹は伐られて』を世に現そうと、ジョイス自身もその翻訳を手伝い、一九三八年（この時、ジョイス五六歳）この翻訳書は発刊されている。

ジョイスとデュジャルダンの付き合いは生涯にわたった。

母親の死

一九〇三年四月、滞在先のホテルに「母危篤」の電報が届く。彼は直ちに帰国の途に着いた。しかし、その四ヶ月後の八月十三日、母親は四四歳の若さで癌で死去する。ジョイス、この時二一歳であった。

母親は最期の数時間に昏睡状態に陥っていた。家族がベッドを囲み祈りを捧げていた。伯父（母の兄）がジョイスが跪いていないのを見て、頭ごなしに「祈れ」と命じた。しかし、彼は従わなかった。母のために祈りを捧げなかったことが、生涯、彼の心に消し難い傷跡を残す。弟は「兄にとって母はカトリック教会の共犯者だった。……自由な思想と生の喜びに対して警戒心を緩めぬ過酷な敵の共犯者だった」[1]と記している。

母親は、夫との別居を考え司祭に相談をしていた。しかし、彼女はどなられたあげく追い返された。

母親がふと漏らした言葉が彼の心に重くのしかかった。

全能の神様が私に下さった運命に別に不平を言うつもりはないわ。お父さんとの生活は、大体は幸せだったと思う。でも、ときどき、この現実の生活を離れて、別の生活に入ってみたいと思う。ほんの少しの間でも[2]。

弟スタニスロースは次のように記す。

子供たちの不健康も、皆の虫歯も、不定期な、それも安くて質の悪い食事も、不衛生な生活条件も、子供たちの将来の生活の見通しが立てられないことも、みんな父のせいだった。それに、母の不健康、不幸せ、心の弱さ、それに母の死は、父の精神的な残忍性からくるものだ。弟が死んだのもそうだ[3]。

アイルランド国立図書館（1880年-1900年頃）

ここでスタニスロースが語る弟とは、ジョイスの五歳年下で、一九〇二年五月三日、十四歳で腹膜炎で死去した弟ジョージのことである。ジョイスは後に、息子にジョルジオ（英語名ジョージ）の名前を付けている。

母親の死後

父親の飲酒癖、家族への暴言や暴力も相まって、ジョイス家は収拾がつかなくなっていた。父親には一向に収入のあてがなく、彼は娘たちの修道院入りを尋ね歩いていた。

この時、七人の弟・妹たちの兄であるジョイスは、ダブリンで収入を得ようとアイルランド国立図書館での就職を試みた。推薦状の執筆を依頼しようとトリニティー・カレッジのエドワード・ドーデン教授を訪ねるが、教授は彼に「変わり者」、「極めて不適格」との評を下した。

一九〇四年二月二日（二二歳の誕生日）、自らのこれまでの生涯を描き小説にしようと「スティーヴン・ヒアロー」の執筆を開始した。

ジョイスはピアノを弾き、テノール歌手を目指したこともあるほど歌うことを好んだ。しかし、ある日、父親が金策のためピアノを売却してしまう。激怒したジョイスは家を出、友人たちから金を借り集め、ダブリンのシェルボン道路の長屋の一階に部屋を借り移り住んだ。

五月末、ダブリンの南東約十キロのダブリン湾沿いの村、ドーキーの私立学校クリフトン小学校で職を得た。ここでの経験は忘れがたいものとなった。勤務は学期末までの四ヶ月に留まるが、同校でのエピソードは後に『ユリシーズ』で語られる。

九月九日からは、一週間ほどであるが医学生で友人のオリヴァー・セント・ゴガティーの住むサンディコーヴのマルテロ・タワーに移り住んだ。そこでの苦々しい経験は後になって、『ユリシーズ』の冒頭を飾ることになる。

マルテロ・タワー

将来の妻ノーラとの出会い　一九〇四年六月十日(二二歳)、ダブリンの中心街、トリニティー・カレッジ沿いのナッソー通りを歩いていたジョイスは、偶然、アイルランド西部の街ゴルウェーの出身で、背が高く、体格も良く美人で素朴な感じのする女性と出会った。名前はノーラ・バーナクルといった。彼女はそこから東に進んだレンスター通りにあるフィンズ・ホテルで働いていた。

フィンズ・ホテルは、十二室の客室を備えたこじんまりとしたホテルで、ジョイスが頻繁に訪れていたアイルランド国立図書館からも、ウエストランド・ロウ駅(現在はピアース駅)からも、ダブリンのショッピング街からも、また、ジョイスが『ユリシーズ』で登場させたリンカン・プレイスのスウィニー薬局からも至近距離にあった。

ノーラはそこで客室係として勤務していたが、彼女の仕事はベッドメーキングだけではなく、テーブルサービス、バーメイドにも及んでいた。ジョイスはこの時、相変わらず、職のない状態であった。

ノーラの出身地ゴルウェーはジョイス・カントリーがあり、ジョイス家ゆかりの場所であった。また、〈ノーラ〉の名前はジョイスが尊敬する文豪ヘンリック・イプセンが描いた劇『人形の家』の主人公の名でもあった。ジョイスは何か運命的なものを感じたのであろう。二人は六月十六日に初めてデートをする。この日は後に『ユリシーズ』の物語で語られる様々な出来事が起こる日として設定される。ジョイスの生活はノーラとの出会いで一変した。彼は孤独感から解放され活気を取り戻した。

ノーラの出自

ノーラは、一八八四年三月二一日、あるいは、二二日に、パン職人のトマス・バーナクルと、お針子で婦人服仕立人のアニー・ヒーリーとの間に生まれた。一家も子沢山で八人の子供がおり、彼女の下には妹たち三人がいた。

ノーラは、二歳の時、祖母キャサリン・ヒーリーに預けられた。やさしい祖母の下で、彼女は少なくとも衣食住に困ることはなかった。彼女は自己憐憫に陥ることはなく、人当たりがよく克己心をもった自立した女性として成長していった。

一八九二年十二月、慈悲修道院の国民学校（小学校）に入学し、文法・地理・裁縫・音楽・読み・書き・算術を十二歳になるまで学んだ。当時授業料を払うことなく女子が受けられる最長の学校教育であった。

学歴では大学卒のジョイスと小学校卒のノーラには差が存在していたが、二人がそれまで生きた環境に大差はなかった。どちらも多産の家庭に生まれ、飲酒に耽る父親がおり、厳格なキリスト教徒の家庭に育った。また、双方とも幼少の頃に家を出されていた。ジョイスは六歳を過ぎた頃に寄宿舎学校へ、ノーラは二歳で祖母のもとに預けられていた。

首都ダブリンに出て、フィンズ・ホテルで勤務するまでの彼女についての詳しい情報は得られないが、当時の国勢調査には〈洗濯女〉と書かれているという。

叔父マイケル・ヒーリーはゴルウェーで関税徴税官として働いていた。彼はささやかな権力と安定した地位と堅実な収入を得ており、地元の名士録にも名を連ねていた。

ヒーリーはノーラからの依頼を受けて二人に送金をしている。彼の経済的援助に救われていたジョイスは、ヒーリーに一家の近況を知らせる書状を書いている。

ヒーリーは一九二六年にはパリのジョイス一家を訪ね、一九三一年十二月、ジョイスの父親の死去の際には、ダブリンでの葬式に参列している。

七　自発的亡命

ジョイスの友人たちが彼の極貧生活に同情していた。その一人に『アイルランド農園』紙の編集者で作家のジョージ・ラッセルがいた。

ラッセルはジョイスの自伝的小説の原稿を読んでおり、彼の才能を認めていた。彼はジョイスに短い作品を書くように勧め、ジョイスは「姉妹」と題した短篇を書いた。この作品は一九〇四年八月十三日、『アイルランド農園』紙に掲載される。「姉妹」は、その後大幅に改訂され、短篇集『ダブリンの市民』の冒頭に置かれ、そこで彼は猛烈な教会批判を展開した。

八月二九日、ジョイスはノーラに次のような書状を送った。

ぼくは現在の社会秩序全体とキリスト教——家庭、是認されている美徳、階級、宗教教義——を否認します。……ぼくの家は中産階級に属しましたが、ぼくも受け継いでいる浪費癖によって破産しました。母は父の虐待と、長年の苦労と、ぼくの冷笑的な露骨な振る舞いによってゆっくりと殺されたのだと思います。棺に横たわっている母の、癌によって消耗した灰色の顔を見た時、ぼくにはそれが犠牲者の顔だということがはっきり分かりました。ぼくは母を犠牲者にした体制を呪いました。……ぼくは書くもの、語ること、行うことによって、それに公然と戦争を挑みます[1]。

一九〇四年十月八日、ジョイスはノーラとともに祖国を後にする。彼はその決意を次のように記している。

ぼくは信じていないものには仕えない。家庭だろうと、祖国だろうと教会だろうと、教会だろうと。ぼくはできるだけ自由に、そしてできるだけ全体的に、人生のある様式で、それとも芸術のある様式で、自分を表現しようとするつもりだ。自分を守るためのたった一つの武器として、沈黙と亡命とそれに狡智を使って[2]。

ここで、ジョイスは自由な表現活動を阻む要因として、〈家庭〉、〈祖国〉そして〈教会〉を挙げている。

〈家庭〉には、酒に溺れ怒鳴り散らす父親と、それに怯え貧しさや飢えに苦しむ八人の幼い弟・妹たちがいた。ジョイスにとって家庭とは「落胆の場所」でしかなかった。

〈祖国〉には、「アイルランドの息子たちがその努力をみずからの故国のために傾注しえない状況」

ダブリン州キングスタウン　（現：ダンレアリー、1910 年 -1920 年頃）。当時、ここがイギリスへの玄関口であった。

があった。そこでは、自国の文化・伝統の独自性・優越性を強調するようなアイルランド文芸復興運動が展開されており、彼が芸術家として飛翔しえない環境があった。

ジョイスは「他の作家たちと迎合はしない」と宣言し、「自国の文明を進化させる義務を負っている」と述べ、自らの文学の確立を目指す決意を固める。

〈教会〉は、ジョイスが〈アイルランドの敵〉と定めた憎悪すべき実体である。彼は「教会が敷く一切の価値観」を否定した。

ジョイスにとって、アイルランドからの脱出は、最早、止めることのできない衝動であった。後に彼は自身の出国を「倫理的・芸術上の必要性を理由とした亡命であった」と総括している。

父への裏切り

出国に当たり、ロンドンの雇用紹介所からスイスの語学学校ベルリッツ語学学校に英語教師の職があると聞いていた。父親にはノーラが同行することを告げていなかった。埠頭には家族や叔母が見送りに来ていた。その際、ノーラは船の舷門の裏に身を隠していた。

やがて父親は息子の旅立ちが駆け落ちであったことを知る。妻を亡くし、酒に溺れる日々を送っていた父親は一切の希望を託し、唯一頼りにしていた最愛の息子に裏切られたことを激怒し泣いた。父と息子の関係は険悪となり、その後しばらくの間、二人の交信は途絶えた。

英語教師ジョイス

一九〇四年十月十一日、ジョイスは、ロンドン、パリ経由でチューリッヒに入った。しかし、手違いからベルリッツ語学学校での職はなかった。

当時オーストリア領であった同校のトリエステ校ならあるかも知れないと告げられ、そちらに向かった。しかし、そこにも職はなかった。その後、トリエステの南方約二四〇キロ離れたアドリア海に面したバルカン半島の港町で、当時、イタリア領であった街ポーラのベルリッツ語学学校に職があると知り、同月三〇日、そちらに向かいようやくそこで教師の職を得た。

ジョイスはノーラとの生活基盤を作ることに必死だった。同年二月に開始していた「スティーヴン・ヒアロー」の執筆に邁進する。

作品では主人公の名前をスティーヴン・ディーダラスとした。〈スティーヴン〉は、信仰のために自らの命を犠牲にしたキリスト教最初の殉教者ステファノスに因んだ名前を英語にしたものであり、〈ディーダラス〉はギリシャ神話に登場する名工ダイダロスを英語読みにした名であった。彼はそこに〈亡命芸術家〉の使命感を盛り込むという設定を行った。後にこの原稿は大幅に加筆修正され『若い芸術家の肖像』に盛り込まれる。

一九〇五年三月（トリエステ、二三歳）、ベルリッツのトリエステ校に異動になった。相変わらず金に窮していたが、彼は街の美しさに魅了され散策をし、夕刻には安価な切符を求め観劇やオペラを楽しんだ。学校では洗練された鋭い機知で、貴族や編集者や商人や良家の娘などから成る生徒たちの支持を得、彼らを魅了した。

息子の誕生

一九〇五年七月二七日、長男が誕生する。三年前に亡くなった弟ジョージの名をイタリア語にし、ジョルジオと名付けた。息子の誕生をきっかけに父親との交信が再開した。

ジョルジオは両親と共にトリエステ、ローマ、スイス、パリを移動する。一九二〇年には銀行勤めを開始するが長続きせず、一九二九年には、低い声域で歌うバス歌手としてコンサート・デビューを果たす。一九三〇年にはアメリカの女性と結婚し、一九三二年二月十五日には、ジョイスのただ一人の孫になるスティーヴン・ジェイムズ・ジョイスをもうけている。

ジョイスと弟スタニスロース

ジョイスには二歳半年下の弟スタニスロースがいた。彼は子供の頃から弟と頭を逆さにし、一つのベッドに寝ていた。二人は知的に刺激し合った。とりわけ、兄にとって弟は無くてはならぬ存在となった。

ジョイスは自らの思考をスタニスロースにぶつけ、議論を交わすことで思考の軌道を確かなものとしていった。ジョイスは弟を「ぼくの砥石」と呼んだ。逆に弟は「兄はまるで肉屋が刃物を磨ぐようにぼくを使った」と記した。しかし、その一方で彼は「ぼくは兄の志の清らかさ、感情の堅固さ、時折見せる心の美しさ、道義心、自尊心、おおらかさ、そして、何よりも彼の精神状態を羨ましく思った」[3]と書き、兄なしのぼくの生活は退屈なものだったと回顧した。

海外に出た後も、ジョイスにとって弟の存在は不可欠であった。出国した翌年十月、彼は自らの勤務先と同じ学校の教師としての職を弟に確保し、トリエステに呼び寄せた。

こうして、ジョイスの傍らにはアイルランドの西部なまりでユーモアを語るノーラと、アイルランド文化そのものであった弟が存在することになり、彼は安堵した。

弟はトリエステの土を踏んで以来、祖国に戻ることはなかった。自分の給料を兄に渡し、倹約という言葉を知らぬ兄とノーラの経済的支援者として二人を献身的に支え、自身を「兄の番人」と呼んだ。

ジョイスと弟は容姿、性格、そして、信条も生活態度も異なっていた。

ジョイスは身長一八〇センチ、痩せ形、青い目、長い顔、ひしゃげた顎をし、弟は、兄より少々低い一七五センチ、ずんぐりとした体形をし、四角い顔をしていたジョイスは酒を好み、隠し事をせず明け透けに高らかに話をした。楽しいことには周囲を驚かせるほど大きな声で心から笑った。

親友のバッジェンは「ジョイスには短気という面がなく、苛立つこともなかった。彼は十四年間イエズス会の教育を受けたので、そのようになったと考えられるが、単なる自立の習慣以上のものがあった」[4]と記している。

ジョイスは穏やかで礼儀正しい印象を与え、テニスシューズを履き、ステッキを持って歩いた。几帳面でもあり、友人の誕生日や記念日を記憶し、病気と聞きつけると心配し、毎日見舞った。他方、ジョイスには父親譲りの浪費癖、大酒飲み、また、引越し好きといった側面もあった。

ジョイスは機知に富んだ会話を好んだ。「今、最も偉大な英語の作家は誰だと思われますか」と聞かれたジョイスは、「私を除いては知りません」[5]と答えた。三八歳の時、「私は医学をダブリン、パリ、再びダブリンと三回勉強しました。続けていたら今の仕事より、もっと世間に害を与えていたでしょう」[6]と語っている。彼は気さくにユーモアを語った。

他方、弟は寡黙で堅実であり、いつも生真面目そうな表情をし硬い印象を与えた。兄と違い酒を飲むこともなかった。

ジョイスは子供の頃に犬に追いかけられた経験から犬は苦手であった。他方、『ユリシーズ』第四挿話「カリュプソ」で主人公ブルームが猫の行動を観察し相手にする場面が描かれている通り、ジョイスは猫を好んだ。

ジョイスは政治については中立、特に関心はなしという立場をとっていた。弟は自らの親イタリア思想がオーストリア政府の注意を引き、連行され第一次世界大戦終戦まで拘束されるといった断固とした主義・主張を持っていた。

二人の宗教観も異なっていた。スタニスロースは宗教とは完全に決別していた。弟は「兄は宗教を拒否していたが、宗教の影響力が自分に及ぶことがないと知ると、また宗教を好むようになった」[7]と記している。

『ダブリンの市民』――発刊への苦悩

ジョイスの知人であったジョージ・ロバーツ（一八七三年―一九五三年）らが設立したダブリンの出版社モーンセル社が、『ダブリンの市民』の発刊に関心を示していた。しかし、ジョイスは祖国の出版社ではなく、より国際的なイギリスの出版社からの出版を望んでいた。

一九〇五年十二月三日（二三歳）、イギリスのグラント・リチャーズ社に原稿を送付し、翌年二月、出版契約が交わされた。しかし、その後、そこに収められた作品「二人の伊達男」をはじめ幾つかの作品に罵り語等の不適切な箇所が見られると指摘され、印刷不能との連絡を受ける。

一九〇六年九月、突如契約破棄を通告された。

拒否の理由には、『ダブリンの市民』の中の作品「対応」に記されていた①「二世帯を養わなければいけない男」、②「女の子とやる」、③「女が始終足の位置を換えて男の椅子をこする」といった文章の他、「いまいましい」という言葉の多用や実在するパブや店などの固有名詞の多用、『聖書』や教皇、さらにはイギリス王室に関わる記述などが含まれていた。

ジョイスは以前『室内楽』の発行を引き受けてくれたイギリスのエルキン・マシューズ社に『ダブリンの市民』の発刊を依頼するが、拒否される。

それ以降も、ダブリンのモーンセル社が興味を示すが、ジョイスは同社には原稿を送らず、イギリスのアルストン・リヴァーズ社、エドワード・アーノルド社に出版を打診した。しかし、相次いで両社から拒否の連絡を受けた。

このため、出版に興味を示していたダブリンのモーンセル社に連絡を取り、一九〇九年に原稿を送付した。同年八月十二日に契約を交わすが、内容に不適切な箇所が見られるとして、修正に関する交渉が一九一二年まで続けられた。同年、ようやく活字が組まれた校正刷が印刷される。しかし、九月十一日に、印刷会社が「このような不道徳な本は出版不能」として、組んだ活字を壊してしまう。憤慨したジョイスは翌日ダブリンを去る。出国の際、父親が息子一家を駅まで見送る。これ以降、ジョイスが祖国の土を踏むことはなく、父親と会うこともなかった。

ジョイスはその際のやり取りを諷刺し、一九一二年、「火口からのガス」と題した論文として発表している。研究者エルマンは、「好ましからざるものを印刷した者は出版人と同じく法律違反を問われ、刑事訴追を受けるとしたイギリスの法律は理解できない」とジョイスは語っていた、と記している。その後も数十社に出版の話を持ち込むが拒否が相次ぎ、『ダブリンの市民』の出版への苦悩が続いた。

ローマへ

『ダブリンの市民』の発刊が実現せず、一家の困窮した日々が続く。

その頃、ベルリッツ語学学校の副校長が学校の資金を持ち逃げし、給与が未払いになると聞き、ジョイスは、最早、トリエステを去る時期が来たと思うようになり、イタリアやフランスへの移動を考え始めた。

ジョイスは『ダブリンの市民』の十四番目の作品として「恩寵」を執筆していた。そこで、彼は司祭による説教の正統性に疑義を呈し、登場人物に「教皇の不可謬性はカトリック教会史上最大の事件だった」と語らせている。

ジョイスはどの作品の執筆に当たっても、登場させる場所や名前、また事実関係の調査を念入りに行っていた。しかし、「アイルランドの人々の魂を支配する」ローマ・カトリック教会の頂点であるローマ教皇庁が存在するヴァティカンはまだ訪れておらず、彼はそこに座すローマ教皇の権力の構造とはどのようなものか、その実態の把握を行おうとローマ行きを決意する。

銀行員ジョイス

一九〇六年六月、ジョイスは、ローマのナスト・コルプ&シューマッハー銀行の「イタリア語と英語に堪能な通信員募集」の新聞記事を見、応募し採用される。七月には、ノーラと一歳を迎えようとしていた息子を伴い滞在先トリエステからローマに移った。この時、ジョイスは二四歳、ノーラは二二歳であった。

銀行では通信部に配属され、朝八時三〇分から夜七時三〇分まで一日二〇〇から二五〇通の書状を書いた。残業は夕刻まで続いた。

毎朝七時に家を出て銀行の始業時間前までカフェで読書をした。一ヶ月が経過すると、小切手を換金するカウンター業務に異動になった。

夕刻には英語の個人教授を開始した。この頃、ジョイスの代表作となる『ユリシーズ』の構想を練り始めた。

一九〇七年二月十四日、銀行に退職届を提出した。

ジョイスは「ローマは自分の祖母の遺骸を観光客に見せて食っている男を思わせる」、「他人のために小切手を換金するのはもう止めた」と弟に書き、職の当てはないが、弟がおり土地勘のあるトリエステに戻ることを決心した。

ローマ滞在は、八ヶ月に留まった。

再びトリエステへ

一九〇七年三月七日、一家は再びトリエステに戻った。幸い、ベルリッツ語学学校の非常勤教師としての復帰が叶った。夕刻には個人教授も開始した。

ジョイスの復帰を喜ぶかつての教え子たちの一人に『ピッコロ・デッラ・セラ』紙編集長のロベルト・プレツィオーゾがいた。彼はジョイスを経済的苦境から脱出させようと、アイルランドにおける帝国の悪についての論文をシリーズで書かせることを思いつく。

ジョイスは早速、執筆に取り掛かり、一九〇七年九月十六日の三番目の論文に「アイルランドの実際の君主は教皇だ」と書いた。

もう一人の教え子には、後にトリエステの国家主義の歴史に関する書物を著すアッティリオ・タマロ博士がいた。彼はトリエステの市民大学でのアイルランドに関する公開講演をジョイスにもちかける。ジョイスはそれを受け、「アイルランド、聖人と賢人の島」と題する講義を行った。そこで彼は、アイルランドへのケルト人の到来から、聖パトリックによるキリスト教布教の開始、ヴァイキングの到来、その後のイギリスによるアイルランドへの侵略と植民、近代に至っての文芸復興の動きについて論じ、さらに、教会は「禁圧的な影響力を駆使し、個人の主体性を麻痺させている」とその存在を痛烈に批判した。

こうした機会を通し、彼は不発となっていた「教会との戦争」を実践に移していた。

八　作家ジョイスの誕生―『室内楽』

ジョイスは一九〇一年から一九〇四年にかけて経験した愛や誘惑、挫折、裏切り、拒絶、孤独と社会批判、芸術の機能と詩人の役割などについての詩を書き、そのうちの三六作を『室内楽』と題した詩集として纏めていた。

発刊の可能性をイェイツに打診したところ、イェイツの友人でイギリスの文芸批評家・雑誌編集者であるアーサー・シモンズを介しロンドンのエルキン・マシューズ社に依頼がなされ、一九〇七年五月、五〇九冊の発刊が実現した。

『室内楽』はジョイスが初めて発刊した作品となり、彼は意気高揚し、ようやく自らも作家の仲間入りができたことに自信を持った。

しかし、一九〇八年までの『室内楽』の販売数は一二七部に留まった。

娘の誕生

一九〇七年七月二六日（トリエステ、二五歳）、長女ルチア（Lucia）が誕生した。〈ルチア〉の名はラテン語のルキア（Lucia）に由来し、Lux〈光〉を意味した。〈光〉

はキリスト教で〈神〉を表し、聖ルチアは眼病の守護者である。ジョイスは自身の弱視、眼病を強く意識し、娘にはその苦悩を味わわせまいとしたのであろう。娘の誕生を受けて、英語の個人レッスンの回数を増やした。九月には学校で英語を教えるのではなく、「割が良い」からと個人教授の道を選び、ベルリッツ語学学校を退職し、生徒の自宅を訪問し、生徒を自宅に迎え、彼のユニークな方法で英語を教えた。ジョイスの生徒には伯爵、男爵、商人、医者、弁護士などがいた。彼は「トリエステの家から家を歩き回った」と記している。

一九〇八年五月、リューマチ熱の後の深酒もたたり、眼病（虹彩炎）の発作に見舞われる。

映画館開設――ビジネスマン、ジョイス　アイルランドでは文芸復興運動が進行していた。ダブリンには目抜き通りであるサックヴィル通り（現在のオコンネル通り）を二〇〇メートル程東に入ったアベイ通りに、アベイ劇場が設立されていた。芸術を愛する人々が住む街に映画館がないのはおかしいと、ジョイスはトリエステの実業家に映画館開設の話をもちかけ同意を得る。

一九〇九年十月、彼はダブリンに向け出港した。

ジョイスは街を歩き回り、アベイ劇場から西に十分程離れたメアリー通り四五番地に、同年十二月、映画館ヴォルタを開設した。

ジョイスは映画館のダブリンのエージェント、ビジネスマンとして働くことになった。しかし、翌年一月二日に早くも辞めてしまう。その理由として、眼病が再発し、トリエステの主治医を訪ねなければならなくなったこと、トリエステで借りている家の家賃を早急に支払わなければならなくなったことを挙げた。

後に、彼は「自分には全くビジネスマンとしての才覚がなかった」と語っている。

この映画館は、主にイタリア映画を上映していたことから計画通り客が入らず、他社の手に渡る。

「芸術家の肖像」

ジョイスは一九〇四年に、将来、自伝的小説として纏め発刊することを目指し、「芸術家の肖像」と題した散文を書き始める。その後、その原稿に「スティーヴン・ヒアロー」という題名を付し執筆を続けた。一九一六年十二月には、その原稿にさらに修正を加え拡大発展させ、『若い芸術家の肖像』として発表する。

その背景には次のような経緯があった。

一九一三年末、ロンドンに滞在しているアメリカの詩人で批評家のエズラ・パウンドから「イェイツから紹介を受けた」との書状が届く。パウンドはジョイスより三歳若く、編集者・仕掛人としても名を馳せ、イェイツ、T・S・エリオットなど著名なモダニズム作家の支援を行っていた。

ジョイスは「芸術家の肖像」の第一章をパウンドに送付するが、それを見たパウンドはこの作品に強く感動し、イギリスの雑誌『エゴイスト』の編集長ハリエット・ウィーヴァーに連載を働きかける。それを受け、「芸術家の肖像」は、一九一四年二月二日（トリエステ、三二歳の誕生日）から一九一五年九月まで、イギリスの『エゴイスト』誌に連載された。掲載が開始されると、この作品に対する評判が高まっていき、ジョイスの名が文学界に轟くようになった。

九　『ダブリンの市民』――発刊

一九一四年六月十五日、イギリスのグラント・リチャーズ社からようやく短篇集『ダブリンの市民』一、二五〇部が発刊された。一九〇四年八月に、冒頭の短篇「姉妹」が『アイルランド農園』紙に掲載されて以来十年もの歳月が流れ、ジョイスは既に三二歳になっていた。

翌年、『ダブリンの市民』の前年末までのイギリスでの発売部数が三七九部であったことを知らされる。そこには、ジョイスの買い取り分一二〇部が含まれており、実質の販売部数は二五九冊に留まった。

ジョイスは「生涯をかけて対処していかなければならない問題」として教会の問題を挙げ、アイルランドの文明を進化させ豊かにしたいとの強い社会的使命をもって『ダブリンの市民』を執筆した。しかし、それが祖国の人々に届けられることはなかった。アイルランドは『ダブリンの市民』を禁書とはしなかった。税関は持ち込まれようとするジョイスの作品を差し押さえていた。

スイスへ

一九一四年七月、第一次世界大戦が勃発し、オーストリア－ハンガリー帝国とドイツ帝国が連合国と戦いイタリアは連合国側についた。当時オーストリア－ハンガリー帝国の支配下にあったトリエステの街は騒然とし、ジョイス家にも激動が走った。

一九一五年五月には、イタリアがオーストリアに宣戦布告をした。それに伴い、ジョイスが当時勤務していたレヴォルテッラ商業高等学校も閉鎖された。職を失ったジョイスは中立国スイスへの避難を決める。

ジュネーヴ、クロイツ通り 19 番地
ジョイスはこのアパートの 3 階に 1915 年 10 月から翌年 3 月まで住んだ。

彼は誇りにしていた肖像画や家具や、執筆した原稿や論文も全てトリエステの住まいに残し、六月二一日にチューリッヒへと向かった。チューリッヒは近隣諸国から逃亡してきた人々と大勢のユダヤ人で溢れていた。ジョイスは、早速、地元の新聞に「生徒募集」の広告を出し、英語の個人教授を開始した。

イェイツたちの支援

出版社からの送金も入らず一家の切迫した状態が続いた。

心配したパウンドとイェイツが、文筆家への援助活動を行っているイギリスの私的財団王室文学基金からジョイスに助成金を獲得させようと動く。一九一五年七月八日、イェイツは財団に「私はジョイスが天才であると信じています。ジョイスが自伝を装った新たな小説の数章を読みました。今日では、彼がアイルランドにおける最も秀でた才能を持つ新人だという感を強くしました」と記した書状を提出した。

エズラ・パウンドは『エゴイスト』誌に連載された「『芸術家の肖像』は、非の打ちどころのない作品である。彼の作品にはスタンダールやフロベールの持つ硬質の明晰さと博識による豊かさがある」と激賛した。その一方で、ジョイスは「この十一年間の執筆活動は私に何も与えてくれませんでした。それどころか二番目の本となった『ダブリンの市民』は、出版までの八年間の訴訟のために多額の出費となりました」と書いた。

その後、王室文学基金はジョイスへの九ヶ月にわたる助成金七五ポンドの支払いを決定した。ようやく生活にゆとりができ、彼は安堵する。

ジョイスの周りにはイェイツだけではなく、常に多くの友人たちが援助の手を差し伸べていた。

十　著名作家へ ―『若い芸術家の肖像』

一九一六年十二月二九日、『ダブリンの市民』の出版から二年後、『若い芸術家の肖像』がニューヨークの著名な出版社B・W・ヒューブッシュにより発刊された。ジョイスは作中で、幼少期から祖国を後にするまでの自らの半生を描き、教会への痛烈な批判を展開した。彼は『ダブリンの市民』で開始した「教会に公然と戦争を挑む」とした決意をそこに継承させていた。

この作品によって、作家ジェイムズ・ジョイスの評判が高まり、彼の社会的地位は目覚ましく向上していった。

財政支援

一九一七年頃より、海外から賛辞や援助が届くようになった。一九一八年二月には、スイスの銀行から「匿名の人物から、一二、〇〇〇フランの送金があり、三月からは月一、〇〇〇フランを振り込む」との連絡を受けた。送金者はアメリカの大富豪ロックフェラー家の一人娘であり、チューリッヒ在住のハロルド・マッコーミック・エディス・ロックフェラー夫人であることが判明する。

ジョイスはさらに、匿名の人物から送金月五〇〇スイス・フランの送金を受ける。後に、この援助は『エゴイスト』誌の編集長ハリエット・ウィーヴァーからのものであることが分かる。

こうした援助で、ジョイスの生活は以前とは比べものにならないほど豊かになった。しかし、ジョイスには父親譲りの浪費癖があった。毎晩レストランで食事をとり、旅先では高級ホテルに宿泊し、衣服に金をかけるなどした。しばらくするとまた金欠状態に陥っていった。

バッジェンとの出会い

ジョイスは多くの友人、知人に恵まれていた。中でも、イギリス人で元船員であり、その後、画家になり、さらにチューリッヒのイギリスの情報省に勤務していたフランク・バッジェン（一八八二年―一九七一年）との出会いは、彼にとってかけがえのないものとなった。

二人はジュネーヴでのディナー・パーティーで出会った。共に一八八二年生まれということもあり、何かの縁を感じさせた。バッジェンと知り合って以降、ジョイスは活気を取り戻し、彼と食事を共にし、酒を飲み、会話を堪能した。『ユリシーズ』執筆の際には、バッジェンに作品の構成や技法を説明し、彼の意見や感想を求めた。

一九三四年に、バッジェンはジョイスの支援を得て『ユリシーズを書くジョイス』を出版するが、その原稿をジョイスは大きな関心をもって読み、その出来栄えを称賛した。

再びトリエステ、そしてパリへ　一九一八年十一月、第一次世界大戦が終結した。ジョイスは戦禍を免れるため、慌ててトリエステを脱出し、トリエステのアパートに家具や原稿を残してきていた。このため、翌年十月、一家はトリエステに戻って行った。

トリエステでは、レヴォルテッラ商業高等学校で英語を教える傍ら、『ユリシーズ』の執筆に励んだ。

相変わらず目には痛みを感じていたが、夕刻には過去の友人たちを訪ね、バーやレストランに足を運んだ。好物の白ワインを何本も空け、夜遅くまで歌い語らった。

戦後のトリエステは変わっていた。ハプスブルク帝国の解体が決まり、トリエステは、イタリア領になった。住宅・失業・輸送・国境・物価の問題などさまざまな混乱が生じていた。ジョイスは創作活動に相応しい国際的な舞台に移る時が来たと考え、〈芸術の都〉パリへの移住を考える。

一九二〇年六月、パリへの移転を相談していたエズラ・パウンドから住居の確保や財政支援をするとの連絡を受け、一家はパリに移った。

突然、資金援助を受けていたマッコーミック夫人からの援助金が打ち切られた。夫人はスイスの著名な精神科医・心理学者カール・グスタフ・ユング博士の友人であった。ユングは夫人を通じジョイスの精神分析を行いたいと伝えていた。しかし、彼はそれを断っていた。送金停止はそれが原因であったのか、あるいは、ジョイスが飲酒に耽っている噂を夫人が耳にし、それに嫌気を起こしたのかは不明であった。
資金援助が途絶え、ジョイスの財政状況はまたもや厳しくなった。

十一　世界的作家へ―『ユリシーズ』

『ユリシーズ』　『ユリシーズ』は一九一四年末から一九一五年の初頭に執筆が開始されている。

―猥褻裁判　完成した原稿は一九一八年より順次アメリカの雑誌『リトル・レビュー』に掲載されていった。

『リトル・レビュー』誌の七、八月号には挿話「ナウシカア」が掲載されたが、一九二〇年九月、ニューヨークの悪書追放協会は、同誌とその編集者を猥褻文書掲載の罪で提訴した。その結果、一九二一年二月、猥褻書出版で有罪判決を受け罰金を科された。

一九三三年、アメリカでの裁判は、『ユリシーズ』は、猥褻ではなく人間男女の内面生活について、「正直」で、「真摯」で、「多少悲劇的だが力ある解説」を提示しているとの判決を下した。その後、この判決に対する控訴が申し立てられたが、一九三四年八月八日、アメリカの巡回控訴裁判所は、『ユリシーズ』については、「猥褻、また不道徳とは認められない」と、それを却下した。

裁判の期間中、ジョイスは強い不満を抱いていたが、この裁判は却って『ユリシーズ』に宣伝効果をもたらし、アメリカでの販売に貢献することとなった。

長編小説『ユリシーズ』―発刊

ヨーロッパでは『ユリシーズ』が未だ発刊されておらず、ジョイスは、一九一九年にパリでシェイクスピア・アンド・カンパニー書店を開設したシルビア・ビーチに相談する。ビーチは、アメリカ人で、アーネスト・ヘミングウェーなど多くの作家に財政的・精神的・職業的援助をした女性である。彼女は出版を快諾し、一九二〇年にはジョイスの非公式のビジネス・マネージャー兼後援者になっている。

『ユリシーズ』発刊の前年一九二一年十一月には、フランスの小説家で批評家・翻訳家のヴァレリー・ニコラ・ラルボーが、ジョイスの作品についての講演会を、シェイクスピア・アンド・カンパニー書店で行った。

ラルボーは、「ジョイスについてはいかなる批評家もまだその作品を取り上げていない……私はジョイスの作品について批評を試みるつもりはないが、彼の作品を紹介する努力をしてみたい」[1]と語る。

講演会には二五〇人が出席し、ジョイスの作品に対する関心の高さが窺われた。

発刊後には、ジョイスの周囲には著名な文人たちが集まるようになり、彼は世界的な作家として揺るぎない地位を築いていった。

一九二二年二月二日（ジョイス四〇歳の誕生日）には、パリで、長編小説『ユリシーズ』が発刊された。

十二　『ユリシーズ』以降

ジョイスは『ユリシーズ』を執筆していた際、「昼はもとより、夜も、書き、考え、書き、考えています」[1]と執筆の苦労を語っていた。発刊が実現した頃、彼は既に四十路を迎えていた。彼はようやく彼のオデュッセイア（長い放浪の旅）は終わったと安堵した様子を見せていた[2]。

ジョイスは『ユリシーズ』の物語を、古代ギリシャの詩人ホメーロスが描いた叙事詩『オデュッセイア』に沿って展開させていた。ホメーロスが描いた英雄オデュッセウスの旅も長く、苦難の連続であった。ジョイスは自身の旅をオデュッセウスのそれと重ねていたのだろう。

出版から一年余りが経過した一九二三年三月、後に『フィネガンズ・ウェイク』と題され、発刊される作品に「進行中の作品」と仮題を付し、執筆を開始した。

しかし、それ以降のジョイスの生活には『フィネガンズ・ウェイク』で行った新たな言葉創造といった以上の試練が待ち受けていた。彼自身の、盲目に近い視力の衰えや、最愛の一人娘の精神の病の発症である。

次に、『ユリシーズ』以降のジョイスの生涯を考察していきたい。

眼病

ジョイスは幼い頃から弱視に悩まされていた。しかし、眼鏡をかけなければ視力が戻るかもしれないと医師に告げられ、眼鏡を着用することはなかった。

一九〇四年（ダブリン、二二歳）には視力が低下するようになり、二五歳になると眼痛に襲われ、翌年には、右眼の虹彩炎症が発症する。以降、彼は一生眼病に悩まされる。

一九一七年八月（チューリッヒ、三五歳）、歩行中に緑内障の発作に見舞われ、右目に一回目の手術が行われた。手術の際、光彩から浸出液が切開部分に溢れ出し、それが視力を永久に低下させた。

一九二二年（パリ、四〇歳）、左眼にも虹彩炎症が発症する。

その後、一九二四年六月には左眼に五回目の、一九二五年には六回目の手術を受ける。さらに、同年八月には七回目の手術を受け、十二月には八回目、九回目の手術を受ける。こうした手術の結果、左眼の視力はほぼなくなり、彼は黒い眼帯をして歩くようになった。

一九二八年九月（ストラスブール、四六歳）、眼病が悪化し文字が読めなくなる。一九三〇年には十回目の手術を受けた。自分の手も見えない状況が続くが、やがて拡大鏡を使い読書をしたり、劇場やオペラに出かけたり、ゆったりとした速度であるが書くこともできるようになった。

ジョイスは激しい歯痛にも悩まされていた。

一九二二年七月（パリ、四〇歳）、著名な歯科医ルイ・バーマンの診察を受けたところ総抜歯を勧められ、翌一九二三年四月、十本を抜歯し、その後、義歯を入れた。

ダブリンを南北に分かつリフィー川

婚　姻　一九三一年七月四日（パリ、四九歳）、これまで婚姻関係を結ばず同居の状態であったノーラと、ジョイスの父親の誕生日を選び、ロンドンの登記所に婚姻届を提出した。一九〇四年十月八日の駆け落ちから二七年の歳月が流れていた。

カトリック教会は婚外の男女関係を厳しく禁じており、ノーラは正式な結婚を望んでいた。しかし、ジョイスにとって司祭の前で結婚の誓いをすることなどは論外であった。

娘ルチアは、折につけ自分は「私生児」であるとジョイスを非難していた。そうしたことも、ジョイスに結婚への決意を固めさせる要因となったとされるが、この結婚には子供たちの相続権を守る目的があった。

父親の死　一九三一年十二月二二日（パリ、四九歳）、父親が危篤との知らせが届く。医師に電報を送り「医療費の支払いは自分が引き受ける。父に最善の医療を尽くしてほしい」と伝えるが、父親は一週間後、十二月二九日に死去する。享年八二であった。

ジョイスは一九一二年九月十一日（当時、三〇歳）、ダブリンの印刷会社が『ダブリンの市民』の校正刷を無断で処分してしまい、それに激怒し祖国を去って以来、ダブリンに戻ることはなかった。

ジョイスは父親に度々書状を送り、自身の作品に盛り込む場所や人物や出来事などについての詳細の確認を求めたりすることで交信を保っていた。

父親は亡くなる前に、ジョイスに一目会いたいと伝えてきていた。しかし、当時、カトリック教会の下、人口の九割近くをカトリック教徒が占めていたアイルランドの社会に対して、教会批判を行うことは異端とされた。

ジョイスは帰国をした場合、宗教的な過激派に殺害されることや、投石を受けることを恐れ、父親にはいつもそのうちに帰ると伝えていた。彼は英語を教えていた生徒に「国を離れることは危険だが、戻ることはもっと危険だ。場合によっては同胞に殺されかねない」[3]と語っていた。

父親の死後、彼は「父は年齢を重ねるにつれ、ますます私を愛するようになりました。私は父への愛情は持っておりましたが、敵の陣地に乗り込む自信はありませんでした」と書き、「父親にはいつか帰ると思わせ続けた」[4]とも語っている。

父親は細々と貯えていた金銭を「(仮にあったとしたら)ただ一人の自分の忠実な息子に全て譲る」[5]との遺言を残していた。

ジョイスは父親の死亡を告知するため、アイルランドの代表的な新聞『アイリッシュ・タイムズ』に記事の掲載を依頼する。しかし、記事には広告主であるジョイスの名は記されず、彼はただ「著名な作家」として末尾に記された。

イギリスの文芸批評家、シリル・ヴァーノン・コノリー（一九〇三年—一九七四年）は、「ジョイスはアイルランドから恨みをかっていた」と書き、ジャクソン及びコステロ等の研究書は、「アイルランドではカトリック教徒は自由になったが、ジョイスの名を語ることはご法度であった」と記している。

一九三二年一月十七日、ジョイスは父の死以来、精神の消耗がひどく、後に『フィネガンズ・ウェイク』となる「進行中の作品」の放棄を考えているとウィーヴァーに伝え、次のように記す。

このような時にも私が訪れようとしなかった国、私を知り、理解する人間が三人といない国、その国について、私はなぜ書き続けるのか……。父は私に大きな愛情を持っていました。あれほど愚かな人間もいませんでしたが、実に鋭い人でもありました。死ぬまで私のことを思い、口にしつづけました。自身、罪人であった私はずっと父を愛し、父、そして彼の欠点までも愛していました。私の作品の何百という頁、何十人という人物は父から出ています[6]。

娘の病

父親が亡くなる数ヶ月前より、娘ルチアが奇怪な行動をとるようになった。

ジョイスは「進行中の作品」の口述筆記を、後にノーベル賞作家となるサミュエル・ベケット（一九〇六年—一九八九年）に依頼していた。

ベケットはダブリンに生まれ、トリニティー大学で言語学を学び、『ユリシーズ』を読んでいた。彼は深く感動し、パリでジョイスに出会って以来（ジョイスこの時四六歳、ベケットは二二歳）、彼の口述筆記や複写作業や雑用を引き受け、視力に困難を来たしていたジョイスに代わって論文を読み報告をするなど、支援をしていた。

ベケットはパリを訪れる度にジョイス家に立ち寄り、時折、ルチアをレストランや劇場に連れて行った。しかし、ルチアが彼にあからさまな好意を示すようになり、ベケットは彼女にアパートを訪ねるのはジョイスに会うためと告げる。それ以降、ルチアの様子が変化し、ジョイスはノーラに言われ、彼にもう来ないでほしいと告げた。

ジョイスとベケットの親交は一九三〇年頃まで二年弱ほど続いたが、ルチアの件で交流は途絶えた。しかし、一九三六年、ルチアが精神病院に入院した後、交流が再開し、ジョイスが死去するまで続いた。

一九三八年一月にベケットはパリで通りすがりの男に刺され、病院に駆け込み入院した。その際、ジョイスは彼を個室に移し、毎日見舞っている。

ルチアの精神的な病はベケットへの片思いや、前年の両親の結婚等が原因となったとされるが、それ以前にも様々な奇怪な行動が見られていた。

ジョイスは、娘の病の原因は全て父親である自分にあるとし、深く苦悩し、慌てふためいたようにルチアを連れて精神科医を訪ねまわった。ひたすら娘の回復を願い、彼女の「芸術的な能力を引き出すことに専念する」ためと語り、執筆活動を中断した。

一九三二年五月二九日にルチアは統合失調症と診断される。彼女は時に無感情になり、時に大声を上げ激しいヒステリー症状を示し、暴力を振るった。

ジョイスは一九一三年から十三の個人的なテーマの詩を書きまとめていた。

ジョイスは娘に装飾文字を習わせていた。彼女は複雑で精緻な図柄を描き、突出した才能を見せた。彼は治療の助けになるのではないかと、この詩集のカバーにルチアがデザインした文字を挿入し、『ポウムズ・ペニーチ』と名付け、一九三二年十月に出版した。しかし、そうした努力が報われることはなかった。

ルチアの病は日々悪化した。それにつれ、ジョイスの憔悴も激しくなり、突如涙もろい発作に襲われるようになった。ジョイスの苦悩は留まるところを知らず、眠れぬ夜が続き日中は幻覚に悩まされるようになる。彼は家に籠り、ひたすら「進行中の作品」(『フィネガンズ・ウェイク』)の執筆を続けた。

一九三三年七月三〇日、ルチアをジュネーヴの北約二五キロほどにあるニヨンの療養所に入所させた。この療養所はヨーロッパの富裕な精神病患者のための施設としてレマン湖岸に建てられていた。しかし、ジョイスはやはり娘は手元に置きたいと、八月四日、彼女を退所させ看護師兼話相手を雇いパリに連れ戻った。

一九三四年二月二日（ジョイス五二歳の誕生日）、ルチアが妻を殴打し、彼女をニヨンの療養所に戻した。

一九三四年九月二〇日、ルチアは拘禁されていた部屋の四隅に放火し、チューリッヒ大学附属精神科病院（通称ブルクヘルツリ病院）に移送される。

九月二八日、かねてから心理分析を毛嫌いしていたジョイスであったが、精神科医ユング博士の診察を受けさせようと、娘をチューリッヒから近いキュスナハトの療養所に移す。

ユングはルチアの二〇番目の医師となった。当初、順調に治療が進んでいったかのように見えたが、徐々に効果が薄れコントロールが不可能になった。ユングは、知り合いへの手紙に「ジョイスは娘を精神病者と認めることを頑なに拒否した」と書いている。

ジョイスは親友のバッジェンに「作品の執筆や創作は困難」と記した。

一九三五年一月（チューリッヒ、五二歳）、ユングの診療を断り、ルチアを退院させ看護師の付添いのもとホテル住まいをさせる。

三月、妹アイリーンとともにルチアをアイルランドに行かせる。その際、ルチアは一人でダブリンの街を歩き回り警察に保護され、ダブリンの精神病院に入院する。

一九三六年三月、ルチアはパリ郊外の療養所に移され、それ以降も、生涯、医療施設を出ることはなかった。

ジョイスは、週一度ルチアを見舞うくらいで公の場所に出なくなり、ひたすら作品の執筆に没頭した。

ルチアは、一九三四年までの三年間に二四人の医師にかかり、十二人の看護師や八人の付添の世話を受け、三つの病院に入院したとされ、その費用は四千ポンドに上った。その額は、ジョイスの『ユリシーズ』のアメリカからの印税も入れた収入の四分の三に達した。

一九五一年、ルチアはイギリスのノーサンプトンの聖アンドリュー病院に移され、入院中には、ベケット、バッジェン、ビーチ、ウィーヴァーたちが見舞った。

ルチアは、一九八二年十二月十二日、脳卒中のため七五歳の生涯をそこで閉じた。

『フィネガンズ・ウェイク』　一九三九年五月四日（五七歳）ジョイスの最後の作品となり、畢生の大作とされる長篇小説『フィネガンズ・ウェイク』が、ロンドンのフェイバー・アンド・フェイバー社そして、ニューヨークのヴァイキング・プレス社から発刊された。

ジョイスは作品の巻末で主人公アンナに「私を分かってくれる人はいるのかしら……」[7]と語らせている。その言葉は彼がまだダブリンで生活していた頃、将来の妻になるノーラに問いかけていた言葉であった。

五月七日、『フィネガンズ・ウェイク』の書評が『ニューヨーク・タイムズ』紙に記載され、その後も、新聞や雑誌に論評が掲載されていく。しかし、そのほとんどが否定的でありジョイスを深く落胆させた。

公認の伝記

ジョイスは一九二九年十二月（パリ、四八歳）、アメリカの作家ハーバート・ゴーマンに伝記『ジェイムズ・ジョイス』の執筆を依頼していた。その背景には「自らのイメージをできるだけ歪めることなく世間に知らせたい」との思いがあった。その際、彼は「自分は異常に長い受難の期間を過ごした聖者として取り扱われるべきだ」[8]と語っている。

殉教者とは、「自ら信仰する宗教のために命を落とした者」を意味する。ジョイスは幼少の頃イエス・キリストの生涯に魅了され、『聖書』を愛したことを公言している。そうした彼のキリスト教教育はクロンゴーズ・ウッド・カレッジで開始された。

総じて彼は教師であったイエズス会士を尊敬し、イエズス会の学校で教育を受けたことを誇りとしていた。

ジョイスは自身はカトリック教徒ではなく、イエズス会士であったとも述べている。すなわち、彼はカトリック教徒を導く存在であったことを主張していた。しかし、当時、そのカトリックの宗教は、彼が思い描く宗教ではなかった。

ジョイスにとって、教会とは「人の魂を支配し戒める」ことを先んじ、「人間の自由な思想を阻害する」要因でしかなかった。それに断固として戦いを挑み、その結果、愛する祖国から拒絶されたことは、「自ら信仰する宗教のために命を落とした者」と同義であった。

強い意気込みで伝記の執筆を依頼したにもかかわらず、ゴーマンはジョイスの親族からの情報の入手に困難を来たし、また、著者自身の離婚問題で執筆は遅々として進まず、ジョイスは完成を心待ちにしていた。

一九三九年九月にようやく全体がまとめられ、ジョイスの伝記『ジェイムズ・ジョイス』[9]は、一九四〇年二月十五日、ニューヨークのファラー&ラインハート社から発刊された。

この伝記の原稿の校閲を入念に行っていたジョイスは、その出来栄えに満足をしていた。しかし、この作品には娘の精神の病についての言及が一切なされておらず、後期のジョイスの生涯についての部分も未完のような印象を与えている。

研究者エルマンは、「この伝記はジョイスの生涯を描くと言うより、ジョイスがどのように見られたかったのかを記したものである」と記している。

戦争の勃発――再びスイスへ　一九三九年九月、第二次世界大戦が勃発した。翌一九四〇年六月十四日、ドイツ軍がパリに侵攻する。

ジョイスは、戦禍を逃れ、戦争が終結するまでチューリッヒに滞在しようと、スイス領事館に査証を申請する。しかし、スイス当局はジョイスをユダヤ人と誤認し、彼に経済的裏付けがないことから申請を却下した。

十一月、スイス外国人警察が彼がユダヤ人ではないことを確認し、一家に査証が発行された。しかし、スイスへの移動にルチアを連れて行くことは不可能だった。

一九四〇年十二月十四日、一家は朝三時パリ発の汽車に乗り、夜十時にジュネーヴに到着した。

死去

一九四〇年十二月二四日、クリスマス・イヴ、猛烈な胃痛に襲われた。一月九日には、フランス絵画展を訪れ、その後レストランに行った。しかしその際、胃痙攣を起こし倒れる。

夜中になり息子が救急車を呼び、チューリッヒの赤十字病院に入院させる。

二日後、ジョイスは穿孔性十二指腸潰瘍と診断された。手術を受けるが、昏睡状態に陥る。その際、医師が妻と息子に帰宅を促す。翌朝一時に目覚めたジョイスは妻と息子がいないのに気づき、二人を呼んでくれるように依頼する。しかし、一九四一年一月十三日、朝二時十五分、ジョイスは妻子に看取られることなく死去した。享年五八であった。

カトリック教会から司祭が訪れ、妻ノーラに祈禱を勧めるが、彼女はそれを断る。

ジョイスの遺体はスイスのチューリッヒにあるフリュンテン墓地に埋葬された。
ジョイスの死後もノーラはチューリッヒに留まり、息子ジョルジオと共に暮らした。
ジョイスの死から十年三ヶ月後の一九五一年四月十日、ノーラは尿毒症で死去した。

Ⅱ　ジョイスの文学作品・文学手法

ジョイスは、一九〇七年五月に詩集『室内楽』を発行し、一九三九年五月に最後の作品となった長編小説『フィネガンズ・ウェイク』を発刊している。

ここではジョイスの著作の一覧を挙げ、彼の代表作とされる四作品について見てみよう。

ジョイスはまた、「意識の流れ」や「内的独白」の文学手法を用いた作家として知られる。そうした文学手法とはどのようなものであったのだろうか。

これらの点についてもあわせて考察したい。

一　文学作品

一九九八年六月、アメリカの『タイム』誌は、ジェイムズ・ジョイスをピカソ、チャップリン、ストラヴィンスキー、ビートルズらと並ぶ二〇世紀の芸術家二〇傑の一人として称賛した。同年七月には、アメリカのランダム・ハウス社が、「二〇世紀に英語で書かれた小説ベスト一〇〇」の作品を発表し、ジョイスの作品である『ユリシーズ』、『若い芸術家の肖像』、『フィネガンズ・ウェイク』をそれぞれ、第一位、第三位、第七七位とした。ランク外ではあるが、この他、ジョイスの作品には、短篇集『ダブリンの市民』、戯曲『亡命者たち』、詩集『室内楽』等がある。

ジョイスの文学作品

	出版年(当時の年齢)	作品名（英語名、出版社都市名、出版社名）
1	1907年5月(25歳)	詩集『室内楽』 (*Chamber Music,* London: Elkin Mathews)
2	1914年6月(32歳)	短篇集『ダブリンの市民』 (*Dubliners.* London: Grant Richards)
3	1916年12月(34歳)	小説『若い芸術家の肖像』 (*A Portrait of the Artist as a Young Man.* New York: B.W. Huebsch)
4	1918年5月(36歳)	戯曲『亡命者たち』 (*Exiles.* London: Grant Richards)
5	1922年2月(40歳)	長篇小説『ユリシーズ』 (*Ulysses.* Paris: Shakespeare and Company)
6	1927年7月(45歳)	詩集『ポウムズ・ペニーチ』 (*Pomes Penyeach.* Paris: Shakespeare and Company)
7	1939年5月(57歳)	長篇小説『フィネガンズ・ウェイク』 (*Finnegans Wake.* London: Faber and Faber 及びNew York: The Viking Press同時刊行)
8	1969年2月(没後)	小品集『ジアコモ・ジョイス』 (*Giacomo Joyce.* London: Faber and Faber)

1　『ダブリンの市民』(*Dubliners*)

構　成

短篇集『ダブリンの市民』は、十四篇の短篇と一篇の中篇、計十五篇から構成されている。一九〇四年、ジョイスが二二歳の時に執筆が開始され、短篇十四作は一九〇六年までに脱稿され、翌年一九〇七年に中篇「死者たち」が付け加えられた。

少年期	「姉妹」(The Sisters)、「出会い」(An Encounter)、「アラビー」(Araby)
青春期	「イーヴリン」(Eveline)、「レースのあとで」(After the Race)、「二人の伊達男」(Two Gallants)、「下宿屋」(The Boarding House)
成年期	「すこしの雲」(A Little Cloud)、「対応」(Counterparts)、「土」(Clay)、「痛ましい事故」(A Painful Case)
社会生活	「蔦の日の委員会室」(Ivy Day in the Committee Room)、「母」(A Mother)、「恩寵」(Grace)
結び	「死者たち」(The Dead)

『ダブリンの市民』に収められている物語は作品の内容に基づき、少年期、青春期、成年期、社会生活の順に配列されており、短篇としては「姉妹」が冒頭に、「恩寵」が巻末に置かれ、中篇である「死者たち」で閉じられている。

執筆の背景　一九〇四年七月、ジョイスは『ダブリンの市民』の執筆の意図について、「多くの人間が都市だと考えるあの半身不随、魂の麻痺した姿を暴くため、あの連載を『ダブリンの市民』と呼ぶ」[1]と語った。

同年八月二九日、彼は将来の妻となる女性ノーラに、「ぼくはアイルランドの社会秩序全体とキリスト教を否認します。……書くもの、語ること、行うことによってそれ（教会）に公然と戦争を挑みます」[2]と記した書状を送っている。

『ダブリンの市民』執筆の背景には、ジョイスの教会に対する深い憎悪と、社会を良くするため「自分が受け継いできた宗教、国の大義、社会的地位など歴史が提示してくるものと格闘していく」[3]との問題意識があった。

ジョイスは自らの作品で教会に対する批判を行い、読者と定めたダブリンの人々に彼が見た街の様相を提示し、人々にその置かれた状況、すなわち、盲目的信仰を継続し、教会への服従に甘んじることの是非について再考を促すことを望んでいた。

その言葉通り、短篇十四作には貧困や失業、怠惰、聖職売買（聖物売買）といった社会の麻痺や閉塞感を主題とした物語が収められている。

他方、巻末においた中篇「死者たち」は、前に置いた短篇集とは趣を異にしている。「死者たち」は、『ダブリンの市民』の出版が実現しないなかで、一九〇六年七月から翌年三月の間に執筆された。ジョイスは一九〇六年九月二五日、「時折、アイルランドのことを考えるが、（少なくとも『ダブリンの市民』においては）不当に厳しかったような気がする。この都市の魅力を何一つ再現しなかった」[4]と書き、反省の色を滲ませている。このため、彼は短篇集で描いたダブリンやそこに住む人々についての厳しい表現や描写を省みて、先行の短篇集とは全く異なったクリスマス・パーティーという華やかな舞台を設定し、この作品の執筆を行ったと考えられる。

2　『若い芸術家の肖像』（*A Portrait of the Artist as a Young Man*）

一九〇四年、ジョイスは自らの幼少期から二〇歳までの人生について描こうと「スティーヴン・ヒアロー」と題した原稿の執筆を開始した。それが修正・深化され、一九一六年十二月二九日に小説『若い芸術家の肖像』として纏められ、発刊された。

この作品は文学作品としてだけではなく、アイルランドでのジョイスの成長過程を知る上でも、また、当時のアイルランドの社会状況を推知する上でも貴重な史料と言える。

構成

第一章	幼少期。イエズス会の運営する小学校クロンゴーズ・ウッド・カレッジで寄宿舎生活を送る。クリスマスを過ごすため自宅へ戻る。晩餐の際、父親、伯父、そして家庭教師の夫人が、教会の政治への関わりについて論争を始める。それを聞いていたジョイスは教会の行為に疑問を持つ。学校に戻り、授業中に学監から怠惰を咎められ体罰を受ける。この頃より聖職者に対する強い懐疑心が芽生えていく。

第二章	一家の経済的苦境のため小学校を退学し、ダブリン南部の比較的豊かな層の住む地域の家から、貧困層の多く住むダブリン北部の家へ転居する。中学校ベルヴェディア・カレッジへ入学する。授業中に書いた作文に異端思想があると指摘される。街の人々が飢えに苦しむなかで、血色の良いイエズス会士が楽しく語らいながら闊歩している姿に出くわし、ダブリンの麻痺した姿を思う。アイルランド文芸復興運動に敵対心を持つ。学校から数々の賞金を獲得し、それを資金に娼婦と関係を持つ。
第三章	ベルヴェディア・カレッジで行われた静修に参加し、死・審判・天国・地獄についての説教を聞く。一語一句が自分に向けられたものと感じた彼は、強い良心の呵責に苛まされる。その後、告白をし、神の赦しを受けようと遠く離れた教会を訪れる。彼の「淫行の罪」は赦される。
第四章	カトリック教徒としての真摯な生活をするよう努める。しかし、赦免についての確信が揺らぐ。司祭への道を勧められるが拒絶し、生き、過ちを犯し、堕ち、勝利を得、生から生をふたたび創造し、前進しようと決意する。
第五章	大学生活。アリストテレスやトマス・アクィナスから美学論を導く。教師である司祭たちへの疑念を深めていく。アイルランド文芸復興運動が最早「死語となった言語」へ回帰しようとする動きを展開する一方で、彼は、アイルランド人の遅れた国民性や、カトリックという宗教の「網」から逃れ、自由な発言ができる環境を求め亡命の意思を固める。

執筆の背景

ジョイスは自分自身とされる主人公の名を、スティーヴン・ディーダラスとした。〈スティーヴン〉は信仰のために自らの命を犠牲にしたキリスト教初の殉教者ステファノスを英語読みにしたものであり、〈ディーダラス〉は、ギリシャ神話に登場する名工ダイダロスを英語読みにしたものである。ジョイスはこの二つの名前を合体させ、そこに「亡命芸術家」の使命感を盛り込むという設定をした。

ジョイスは人間の行うことは歴史的も社会的にも、どの国にあっても、普遍的であると考えていた。このため、ギリシャ神話の主人公の名を引用し、現代に生きる登場人物たちの生きざまと連結させることで、過去と現代との時代の一体性、普遍性を示すことを考えていたと推察される。『若い芸術家の肖像』を執筆するに当たってジョイスは、「妥協のない事実に基づき」書いたと語っている。さらに、「自分自身のことを書く作家は多いが、私ほど正直に書いた作家はいないのではないか」[5]とも述べ、主人公スティーヴンが自分自身であったことを一貫して主張している[6]。

3　『ユリシーズ』（*Ulysses*）

長編小説『ユリシーズ』は一九〇六年に執筆が開始され、一九二二年二月二日、ジョイスの四〇歳の誕生日に出版されている。物語は、次のように三部から構成されている。

構成

第一部	「テレマコスの苦境」は、第一挿話「テレマコス」から始まり、第三挿話「プロテウス」で終わる。物語はスティーヴン・ディーダラスを中心に展開する。
第二部	「オデュッセウスの放浪」は、第四挿話「カリュプソ」から始まり、主人公であり、ダブリンで新聞の広告取りとして働くハンガリー系ユダヤ人レオポルド・ブルームの登場でストーリーが開始する。折々にスティーヴンが登場し、第二部最後に置かれた第十五挿話「キルケ」では、スティーヴンの娼家での出来事が語られる。
第三部	「オデュッセウスの帰還」は、第十六挿話「エウマイオス」でスティーヴンを囲み話が進められ、第十八挿話「ペネロペイア」でのブルームの妻モリーの独白で閉じられる。

叙事詩『オデュッセイア』との対応　ユリシーズ〈Ulysses〉は、オデュッセウスのラテン語名ウリクセス〈Ulixes〉を英語読みにしたものである。オデュッセウス〈Odysseus〉とはギリシャ神話の英雄であり、ホメーロスの叙事詩『オデュッセイア』の主人公である。

叙事詩『オデュッセイア』では、英雄オデュッセウスがトロイア戦争の勝利の後に凱旋する途中に起きた十年に及ぶ漂泊と、祖国へ帰還するまでの長い苦難の旅路が描かれている。

ジョイスは、『ユリシーズ』に『オデュッセイア』との対応関係を持たせるという設定を行い、主人公オデュッセウスには中年男ブルームを、父を探しに出かける息子テレマコスにはジョイス自身とされる作家志望の青年スティーヴンを、そして、貞淑な妻ペネロペイアには浮気妻モリーを対応させた。

執筆の背景　『ユリシーズ』では、様々な出来事が語られる日として、一九〇四年六月十六日が設定された。作品に登場する人物たちは一様にダブリンに住む。

ジョイスは、作中で「意識の流れ」や「内的独白」の文学手法に沿って、登場人物たちに自在に思考をさせ、語らせるという方法を採った。

執筆の背景には、当時、カトリック教会やイギリスという支配者が存在したダブリンの社会で暮らす人々やその街の状況について、「あらゆることを、ありのままに冷静に知らせる」目的があった。

『ユリシーズ』には、宗教的・政治的・社会的な批判に繋がる内容も多く盛り込まれている。そうした構成をするに当たり、ジョイスは主人公をアイルランド人とはせず、ハンガリー系のユダヤ人としたと考えられる。

ジョイスは、「仮にダブリンの街が地球から突然消滅することがあっても、この作品をもとに街が再建することができるように描きたい」[7]と語っている。その言葉通り、『ユリシーズ』には、ダブリンの通りや町、川、酒場、墓場、教会等が実名で記されている。

『ユリシーズ』は、当時のダブリンの庶民の生活を描いた作品として、文学的な見地からだけではなく、歴史的史料としての観点からも貴重な作品である。

4　『フィネガンズ・ウェイク』（*Finnegans Wake*）

長編小説『フィネガンズ・ウェイク』は、『ユリシーズ』の出版から約一年が経過した一九二三年三月、ジョイスが四一歳の時に執筆が開始された。以降、十六年の歳月が費やされ、一九三九年五月四日、五七歳の時に発刊された。その際ジョイスは、『ユリシーズ』の発刊も終わり、彼のオデュッセイア（長い放浪の旅）は終わり、名声も、物質的な心配をすることもなくなり、新たな次元に移る時がきたといった安堵の様子を見せていた[8]。そうした環境の下で、ジョイスは新たな言語や文体の創造を試みていった。『フィネガンズ・ウェイク』は彼の最後の作品となり、最も革新的とされる。

構　成　『フィネガンズ・ウェイク』は、四部から成り、第一部に八章、第二部に四章、第三部に四章、第四部に一章が盛り込まれ、計十七章から構成されている。

物語の中心人物は、酒場経営者HCE（ハンフリー・チムデン・イアーウイッカー）と妻ALP（アンナ・リヴィア・プルーラベル）、そして彼らの双子の息子で、兄でジョイスとされるシェムと、弟でジョイスの弟スタニスロースとされるショーン、それに娘のイシーである。

題名は、アイルランドの民謡「フィネガンの通夜」（Finnegan's Wake）から用いられたものであるが、ジョイスの作品『フィネガンズ・ウェイク』では、英語表記にアポストロフィのない〈*Finnegans Wake*〉と記されている。『フィネガンズ・ウェイク』には、Finすなわち〈終わり〉を示す意味やagain〈覚醒・目覚め〉といった意味も含まれる。

物語では、酒好きの煉瓦職人ティム・フィネガンが梯子から転落する。彼の通夜（wake）に集まった会葬者が大騒ぎをし、そこに彼の顔にウィスキー（命の水）がはねかかる。ティムは突如目覚め（wake）、ともに浮かれ騒ぐといったストーリーが拡大しながら展開されていく。

ジョイスは、『フィネガンズ・ウェイク』の作品の章立てをしたが、部や章に名称を付していない。しかし、研究上、次のようにも分けられている。

以下に『ジェイムズ・ジョイス事典』から研究者キャンベルとロビンソンによる項目分類を引用した。

第一部　両親の部
　第一章　フィネガンの転落
　第二章　HCE—その渾名と名声
　第三章　HCE—その裁判と投獄
　第四章　HCE—その死亡と復活

第五章　ALPの声明書
第六章　謎かけ―声明書の人物たち
第七章　シェム・ザ・ペンマン
第八章　浅瀬の洗濯女たち
第二部　息子たちの部
第一章　子供の時間
第二章　勉強時間―トリヴとクワッド
第三章　宴会中の居酒屋
第四章　花嫁の船とカモメ
第三部　人々の部
第一章　人々の前に立つショーン
第二章　聖ブリジット・スクールの前に立つショーン
第三章　審問をうけるショーン
第四章　HCEとALP―その試練のベッド
第四部　リコルソ（変遷と交信の時代）

執筆の背景

ジョイスは「昼」の作品である『ユリシーズ』に対して、『フィネガンズ・ウェイク』を「夜」の作品、または「夜見る夢を描く」作品と位置づけた。彼は「夜の意識、反意識、無意識」を表現するには通常の言語では不充分でありそれに相応しい言語が必要として、英語を基本に数十種類の言語を組み入れ、新たな言語の創造を試みていく。さらに彼は、「英語の歌遊び」のリズムを多く採り入れるなどして、言語や文体の可能性を追求していった。作品ではあらゆる社会や歴史全体の中で生起する、人間の誕生、家族、社会的習慣、罪、死、審判、宇宙論、神学、宗教、性といった膨大な内容が複雑に盛り込まれ語られる。

二　文学手法

ジョイスは、文学の領域について、「人間社会とは、変化することのない法則を男女の気まぐれやいろいろな状況が包み込み、それらが重ね合わされ具体化されたものである。文学の領域とはこうした偶発的な風俗や気分の領域――つまり空間的領域を扱うものである」[1]と考えていた。彼の文学の対象は、ダブリンという都市空間のなかで動き回る人物たちの姿であった。

「意識の流れ」・「内的独白」　ジョイスの文学は、「意識の流れ」を基にした「内的独白」の技法を用いていることをその特色としている。

一九〇三年、ジョイスはパリからトゥールへ足を延ばした。その道すがら、駅の売店でエドゥアール・デュジャルダンの小説『月桂樹は伐られて』（『もう森へなんか行かない』）を購入し、その文学手法に強い影響を受け自身の作品に採り入れていった。

英文学者、鈴木幸夫（一九一二年―一九八六年）は、「意識の流れ」及び「内的独白」は、デュジャルダンによって創られジョイスによって完成されたと記し、次のように説明している。

「意識の流れ」は作品の主題、或いは、題材の一つであり、「内的独白」はそれを表現する技法を言う。従って、「内的独白」によって表現される内容が「意識の流れ」ということになる。……「意識の流れ」を「内的独白」によって表現することが二〇世紀モダニズム文学の技法における重要な特質である[2]。

鈴木はロバート・ハンフリーを「意識の流れ」の小説についての最もすぐれた研究者と記し、ハンフリーの「意識の流れ」、及び、「内的独白」の定義を以下のように説いている。

■ハンフリーによる「意識の流れ」の定義

意識の流れの小説と、その他すべての心理小説とを截然と区別しているのは、前者が合理的な表現をとる以前の混迷の段階にある意識を扱っている点にある。……言語表現以前の意識は抑制することもできなければ、理性的な規制も受け付けず、論理的な秩序も持たない。……すなわち、意識の流れの小説は、主として作中人物たちの意識の姿を描き出すために、言語表現以前の彼らの意識の究明に重点を置く型の小説である[3]。

■ハンフリーによる「内的独白」についての定義

「内的独白」とは、小説において表面上は部分的にか、或いは、全く語られていない作中人物の意識内容および経過を表現するのに用いられる技法で、それらの心的経過が慎重な言葉に形成される手前でさまざまな意識の制御段階を移ろうままに描出しようとするものである。特に、さまざまな制御段階にある意識の内容および経過を表現する技法に注目していただきたい。この技法はいかなる段階の意識を扱ってもいいということなのであって、必ずしも〈殆ど無意識に近い非常に内奥の思考の表現〉であることを要しない。この技法は意識の内容および経過に関わっていて、そのどちらか一方だけを扱うものではない。さらには、その意識が、表面上は部分的にか、或いは、全く語られていない点も留意されねばならない。なぜなら、この技法はそれが慎重な言葉に形成される手前の端緒の段階にある意識の内容を表現するのであるから[4]。

ハンフリーはジョイスを、「小説に新たな命を吹き込むという大きな貢献をした」と前置きをして、ジョイスがこの手法を用いた意図を次のように説明している。

ジョイスの偉大な文学的達成の効果は、読者をして書物に描かれた人生に直接関与している感じをいだかせる点にある。ジョイスの意図とは、偏見や、或いは、作者の価値判断を通さずに、人生をありのままに描出することである。これはとりもなおさず、写実主義作家や自然主義作家の目指すところだ……ジョイスは人生をありのままに、欠点もつきものの矛盾も併せて描く。それに、読者を納得させるだけの現実味を帯びさせるために必要な対象化をすることは、意識の流れの中でしか達成できなかったはずだ[5]。

さらに、ハンフリーは、時に、難解とされる意識の流れの作品の理解について、次のように記している。

意識の流れの感覚的印象や思考等を、記憶の中に不安定のままに長時間浮遊させておき、予期しない、一見そぐわない箇所に再び出現させる方法は……よく私的様相を表現している。事実、細心な読者に対しては、確かな手がかりを提供している。……読者が作者の方法に〈思い至った〉ならば、その意味は容易に理解できよう[6]。

以上見たように、「意識の流れ」とは作品の主題、または題材の一つであり、「内的独白」はそれを表現する技法である。

ジョイス自身は「内的独白」を次のように定義している。

人の頭の中で考えられてはいるが、口にはされないし、行動に移すこともしないものを、頭に浮かぶ順序で伝えようとするもの[7]。

すなわち、この手法は作者が自ら創造した登場人物に自らの思考を直接に、思いつくままに語らせることを可能にするため、どのように微妙で繊細な事柄についての言及も、また、時には過激な主張であっても、作者の思いを読者に伝達することができる。

ジョイスは自らの執筆活動に教会に対する批判を行うという壮大な課題を付した。その上で、彼は祖国からの出国は「自発的亡命」のようなものだと記している。

そうした言葉の裏には、当時、人口の約九割をカトリック教徒が占める社会で、カトリック教会批判に繋がる内容を作中に盛り込むことは異端とされ、糾弾の対象とされる危険極まりない行為であったとの認識をジョイスが抱いていたことが推察される。

ジョイスは「書くもの、語ること、行うことによって教会に公然と戦争を挑む」と宣言をした。また、「何にも縛られることなく自由な表現をしたい」との思いをもって海外への「自発的亡命」を遂げた。

リフィー川　（手前はダブリン港、1865 年 -1914 年頃）

そうした中、何のヒントも口に出さず、明快な行動も示さず、ただ頭に浮かぶことを「登場人物を介して」そのままの順序で伝えようとする「意識の流れ」や「内的独白」の技法に辿りついたことは、ジョイスにとって暗闇の中に一筋の光を見た思いであったのではないだろうか。

一方、この手法は読者にとっては困難な作業をもたらす。なぜなら読者に充分な情報が提示されない中で、その登場人物の主観的な思考に合わせた、客観的な思考が求められるからである。

特に、『ユリシーズ』など後期の作品では、「意識の流れ」や「内的独白」の手法の使用が顕著になり、読者にとっての難度が増す。このような理由もジョイスが「難解な作家」と称される要因の一つとなったと考えられる。

その対応策としてハンフリーは、「読者が作者の文学手法に思い至ることができたのならば、その意味は容易に理解できよう」と説明する。すなわち、作者のそうした文学手法を採用した理由や、作品の執筆についての動機やその裏にある彼の思想に「思いを馳せ」、それを考慮し、理解することができたのであれば、その作品の理解も容易になるはずであると説いたと考えられる。

三　文学に対する姿勢

ジョイスは、芸術は生活からの逃避ではなく、人生の集中的な表現法であって[1]、文学は、芸術の中でも最もすぐれた芸術の形態[2]であるとした。中でも、「人間の内部に喜びの感情を喚起する劇が最高の劇の姿であって、その芸術の優劣は、人間の運命の本質的あるいは偶有的諸相によって喜びの感情が喚起される度合いに応じて判断されるべきである」[3]とした。

そうした姿勢の下、『ユリシーズ』、『フィネガンズ・ウェイク』など彼の後期の作品には喜劇的な様相が色濃く現れている。

作品の創作に当たってジョイスは、「英語は母音の数が最も多く、世界で最も素晴らしい言葉」であり、「英語こそがアイルランドを大陸に結び付けてくれる言葉」[4]であると考えていた。

芸術家のあるべき姿については、「芸術家とは揺るぎない誠実さをもち、大衆の真の精神の導き手であるべきである」[5]と主張している。

ジョイスと実証主義

実証主義とは、一八八〇年、エミール・ゾラがまとめた「自然科学の実験的方法を芸術分野に適用し、現実社会のあらゆる側面を徹底的に観察して制作に反映させる」とする理論である。

ゾラはそこで、現実や真実を具体的に描き、その堅固な具体性のなかで物語を展開すべきであると説いた。

登場させる人物が活動する舞台には、その時代特有の意識や感情が付与されるべきであり、作者がそれを勝手に改変してはならず、そのストーリーには強固な構築をもつ真実の世界が表現されるべきであり、人間をありのままに自然のなかで捉えられるべきであることを強調した。

ジョイスは、「ぼくのきれいに磨いた鏡を通して見たダブリンの姿を見てほしい」との強い意図を持って『ダブリンの市民』の執筆を開始した。後に彼は「ぼくの作品に対しては様々な批判がでるかも知れず、ぼくを〈アイルランドのゾラ〉と呼ぶ批評家も出てくるかも知れない」[6]と語っている。

ジョイスが固執したのも、実証主義であった。ジョイスは、登場人物、場所、名前等あらゆる詳細を確認し、真実に基づく情報に則って、忠実に描くことを念頭に執筆を行っていた。また、「小さな平穏と成功のために、群衆と簡単に手を結ぶこと、つまり文学の目的を誤ることは聖霊に対する文学的罪、すなわち聖職売買の罪である」[7]とも語っている。ジョイスは真実を書くことを信条とした。

イギリス人でジョイスの親友であったフランク・バッジェンは、「『ダブリンの市民』には繊細で絵画的なダブリンの描写が溢れている。ジョイスは感覚鋭敏な他者であり、繊細極まりない記録者である」[8]と記している。

しかし、彼の作品は異端とも見做され、彼の存命中に、祖国アイルランドで出版も販売もされることはなかった。

ドイツの著名な評論家アルフレート・カー（一八六七年―一九四八年）が一九三六年に初めてジョイスに面談した際、ジョイスは次のように語ったという。

私は、私の国の人々とその状況について書きました。ある社会的レベルの、ある都市のタイプを再現したのです。彼らはそれが許せなかったのです。私が、「見たものを隠さなかった」と言って私を恨んだ者もあれば、私の描き方に気を悪くした人もいました。ある人は写実的な描写に憤り、ある人は文体に腹を立て、だれもが復讐をしました[9]。

Ⅲ　ジョイスとアイルランド史――概観

ジョイスは自らの作品や講演で度々アイルランド史への言及を行っている。とりわけ顕著であるのは、当時「人々の魂を戒め支配していた教会」への批判の思想であった。

ジョイスは神学者聖トマス・アクィナスを「おそらく人類の歴史に見られる最も鋭敏にして明晰な精神の持主」[1]と呼び、トマスの大著『神学大全』で説かれている「神」・「人間の行為」・「教会の儀式」・「司祭の役割」・「憐憫とはなにか」等、様々な側面からの研究を行っていた。ジョイスの教会批判の思想の裏には、理論的根拠を追求した上での彼の主張があった。

ジョイスは二〇世紀最大の作家の一人と言われるが、彼の作品では彼の哲学者としての顔、歴史学者としての顔など様々な側面を窺うことができる。

祖国から「自発的亡命」を果たし、三年を経た一九〇七年四月二七日、ジョイスは、「アイルランド、聖人と賢人の島」と題した講義をトリエステの市民大学で行っている。そこで彼は、「アイルランド人の気質の根底にあるものをご理解いただきたかった」[2]と述べ、アイルランドの古代から近代についての歴史的背景について講じている。

「アイルランド人の気質」とは、他ならぬジョイス自身の血に流れるアイルランド人の気質でもある。彼の気質の根底にあるものとは、何であったのだろうか。

講義では、ジョイスのアイルランド民族についての見方、イギリス支配に対する考え方、彼が「アイルランドの敵」と名指したカトリック教会への姿勢、そして、国際社会の中のアイルランドの進むべき道など、彼の熱い思いが語られている。

ジョイス自身の語るアイルランド史を紐解くことによって、彼の思想とその背景にあるものが見えてくるのではないか。本書ではそうした視点に立って、ジェイムズ・ジョイスの行った講義、「アイルランド、聖人と賢人の島」を参考としながら、ジョイスと共に、アイルランド史を考え、そこに生まれたジョイスと、ジョイスの思想を検討していきたい。

なお、ここで引用する「アイルランド、聖人と賢人の島」におけるジョイスの言葉の数々は、大澤正佳の翻訳[3]に依った。

一　古代から十九世紀まで

［紀元前］

紀元前三世紀、日本では弥生時代の頃、ケルト民族は拡大するローマ帝国や中央ヨーロッパのゲルマン民族に追われるように、大陸を西へ西へと移動していった。やがて、彼らはアイルランド島にたどり着く。

ケルトの人々は宗教・地理・哲学・天文学に秀で、鉄器文化を持っていた。彼らは徐々にアイルランドの先住民を統合・支配し、ケルト社会を形成していった。そうして、ケルト民族がもたらした言語や文化は島全体に浸透していった。

キリスト教の受容に至るまでの数世紀の間、ケルトの職人たちは螺旋や生き物たちを描いたモチーフなど高度に意匠化された技巧を金属製品などに施し、優れた工芸品を創り上げていった。

彼らはアイルランド各地に家父長制大家族を単位とした小王国を形成していき、徐々に大部族連合へと纏まっていった。

小王国の上には上王（ハイ・キング）がおり、全島の政治的・精神的な中心地としてタラの丘が定められた。

タラの丘は、ダブリンの北西、バスで一時間ほどの距離にある。ジョイスはそこを『ユリシーズ』で「諸王がいたタラ」と呼び、『若い芸術家の肖像』では大学の友人との会話を次のように記している。

　ぼくがいなくなるというのは本当か、その理由は何だと尋ねられた。
　「タラへ行く一番の近道はホリヘッドを通る道だ」と教えてやる[4]。

ホリヘッドとは、グレートブリテン島ウェールズの北部、アイルランド海を臨む港町である。アイルランドからヨーロッパを目指す人々はこの港で一旦、下船し、そこから陸路で汽車を使いグレートブリテン島を横断し、イングランド南東端部のドーヴァー海峡に面する港街フォークストンまで行く。そこから、また船に乗り、ドーヴァー海峡を跨ぎ、フランスの港町カレーに到着し、そこからヨーロッパの各地に向かう。

すなわち、ホリヘッドとは、グレートブリテン島と大陸ヨーロッパを結ぶ基点であり、ジョイスにとってはホリヘッドこそ「ヨーロッパに通じる道」であった。彼は、ヨーロッパにおいて見聞を深めてこそ、祖国の真の姿を見ることができることを、ここで示唆したと考えられる。

聖パトリック

ケルトの人々はドルイドと呼ばれる自然崇拝を行い、その上にはドルイド僧が存在した。ジョイスによるとこの宗教は、エジプト系であり、ドルイド僧は原野に祭壇を設け、樫の森で太陽と月に礼拝をささげていた。

彼らは妖術にもたけていた。ジョイスは、「あのダンテ（一二六五年―一三二一年）もケルト民族について言及している」と驚きと感動をもって語り、次の、ケルトの妖術師ミケーレ・スコットについての『神曲』―「地獄篇」での第二〇歌を引用している。

あの両方の脇腹がやせ細っている男はミケーレ・スコットだ。
彼は実に魔法妖術を弄することが巧みだった。（平川祐弘訳）

〔五世紀〕

四三二年頃、そうした多神教のケルトの世界にキリストという唯一神を掲げた聖パトリックが渡来し、キリスト教の布教を開始した。

アイルランド各地に修道院が次々に建造されていき、キリスト教はやがて全土に広まった。

一方、聖パトリックは布教だけではなく教育にも力を注ぎ、学問や芸術が発展していった。

後に聖パトリックは、アイルランドの守護聖人となり、彼の命日とされる三月十七日は、「聖パトリック・デー」としてアイルランドの祝日とされ、アイルランド国内だけではなく、アイルランド移民の多いアメリカやカナダ、オーストラリア、ニュージーランドなど多くの国々で祝賀行事が行われている。

【六世紀～八世紀前半】

キリスト教の修道院は文化の精神的な場となり、修道士たちはそこで厳しい修行を積み、学業に励んでいた。

アイルランド国内では、聖フィニアン（四七〇年―五四九年?）が修道院制度の確立に多大な貢献をした。

聖フィニアンについて、ジョイスは「学識の人と呼ばれるフィニアンは、アイルランドのボイン川の河畔に神学院を設立し、イギリス、フランス、ドイツなどから集まってきた数千の学生にカトリックの教義を講じました。良い時代だった。学生たちは授業に必要な書物を与えられただけではなく、宿泊と食事も無料だった」と羨望を込めて語っている。

ジョイスの学生時代はひもじさと共生であった。金欠に苦悩し、ノートも持たず、友人から紙を拝借することもあった。

六世紀～七世紀には、平穏が続き、聖職者と信者たちが「福音書」の研究や写本の装飾に没頭した。その傍らで、写字生たちは古い伝承や詩を文字に残す作業に追われた。

他方、この頃には、アイルランドの修道会制度の父と言われる聖コルンバ（五二一年－五九七年）や、その弟子でジョイスが「フランスの教会改革に尽力した熱狂の人」と呼ぶ聖コルンバヌス（五四三年－六一五年）など多くの聖職者たちが排出されていた。彼らはスコットランドやイギリス北部、さらにヨーロッパ大陸の各地に赴き、修道院や教会を設立し異教徒を改宗させ、独自の学校を建設していった。

ケルト十字　（ハイクロス）

八世紀半になると、聖コルンバが建立した修道院で、司祭や修道士たちがキリストの生涯を描いた『聖書』の写本をラテン語で、アイルランド風のイニシャル字体を交え彩色装飾を施した『ケルズの書』の作成が開始された。
ケルトの人々は、教会や礼拝堂を建設する一方で、アイルランド独自のラウンドタワーやケルト十字（ハイクロス）と呼ばれ、人の身長を上回るような高十字架を各地に作っていった。
やがてアイルランドは「聖人と賢人の島」として知られるようになる。

その経緯をジョイスは次にように説明している。

アイルランドをインシュラ・サクラ（Insula Sacra—聖なる島）と呼んだ最初の人は四世紀のアウィアーヌス（〔三〇五年？—三七五年？：イタリアのラテン語の詩人）です。その後、スペインおよびゲール諸族の侵入を経た後で、この島は聖パトリックとその信奉者たちの布教を通じてキリスト教に帰依し、またもやホウリィ・アイル（Holy Isle—聖なる島）なる名称を勝ち得ました。アイルランド人は自分たちの国について語るとき、ある誇りを込めて「聖人と賢人の島」ということを好みます。……文化の中心から遠く離れたアイルランドのような島が伝道者のための卓越した学舎たりえたのは、いささか奇異に思えるかもしれません。しかしながら、すこし考えてみれば分かることなのですが、アイルランド民族が独自の文化を展開するために執拗な努力を傾けてきたのは、ヨーロッパ諸国と比肩しうる文化的地位の確保を願う若い民族の要請というよりはむしろ、過去の文明の栄光の数々を新しい形態のもとに甦らせようとする非常に歴史の古い民族の願望の表れにほかならなかったのです。歴史の古さという点からすると、キリスト紀元の最初の世紀においてさえ、聖ペテロに従う者のなかにマンスウェトス（？—三七五年）なるアイルランド人がいたのです。ローレーヌに赴き、その地で教会を設立した彼は半世紀にわたって伝道事業に貢献し、後に聖人の列に加えられました。……その頃、この島はヨーロッパ大陸のいたるところに文化と清新な活力をのべ広げていました。知識の灯火を掲げて国から国を経巡ったアイルランド人の巡礼、隠者、学舎、賢者の名は枚挙にいとまがありません。……約言すれば、スカンジナヴィア諸族による侵略が行われた八世紀にいたるまでのアイルランド史は、一貫して伝道、布教、そして殉教の記録であったと言い切ることができます。

アイルランドの４地方

［八世紀末～一〇世紀前半］

八世紀末には北欧からヴァイキングが襲来する。彼らはダブリンのリフィー川や、現在ではアイルランド最大の州であるコークのリー川など、広い河口を基点として内陸部に侵攻し、十世紀半ばまでにダブリン、ウォーターフォード、コークなどの港を占領し、砦を築いていった。

その後、ヴァイキングは島の中央部や湖水地方の修道院を襲い、文献や装飾品を略奪していった。これにより、多くの文化的遺産は焼失し、伝統的な修道院文化が衰退していった。

その一方で、彼らは国内に都市を形成していき、交易を発展させ、徐々にアイルランド人と同化し、アイルランド社会に貢献していった。

［一〇世紀後半～十一世紀］

アイルランドは、北部のアルスター地方、中部西方のコナハト地方、中部東方のレンスター地方、南部のマンスター地方の四地方に区分されている。

九世紀にヴァイキングによって築かれ、現在ではアイルランド南部西側のシャノン川沿いの第三の都市マンスター地方のリムリックで、時のマンスター王マスガマン（在位九七〇年―九七六年）がヴァイキングを打ち破る。

その後、彼の弟ブライアン・ボルー（九四一年―一〇一四年）がマンスター王を継承し、次いでレンスターを征服し勢力を拡大していった。

一〇一四年、ブライアン・ボルーの率いるアイルランド連合軍が、ダブリン北部のクロンターフの戦いでヴァイキングを破り、初めてアイルランド全土の統一を果たし、彼は最終的にアイルランド王となった。

しかし、国内統一後も国内の王族たちの勢力争いが止むことはなかった。

こうした経緯について、ジョイスは次のように語っている。

デイン族（デンマーク人）はこの島の東海岸沿いの主要な港をすべて掌握し、ダブリンに王国を樹立しました。この時以降、十二世紀にわたって中心的位置を占めてきたこの街は、現在のアイルランドの首都になるわけです。……そうこうするうちに、ダブリン城外で行われた凄惨な戦闘で僭王ブライアン・ボルーが北欧勢を撃破したことによって、スカンジナヴィア語族の侵攻は終止符を打たれました。しかしながら、これら北欧人たちは国外に撤退したわけではありません。彼らはそのまま居残って、徐々にこの土地の社会に同化吸収されていったのです。……その結果、ケルトの新しい種族が生まれつつありました。これは古来のケルト族を根幹とし、それに北欧系、アングロ・サクソン系、ならびにノルマン系各種族が融合するという過程を経て成立したものなのです。これまでのアイルランド人気質にさまざまな要素が混入し、古い母体の再生を通じて、民族性の新たな一面が醸成されたというわけです。かつての仇敵は今や一体となってイギリスの侵略に立ち向かいました。プロテスタント系住民はすでに〈ヒベルイス・ヒベルニオレス〉になっていました。つまり本来のアイルランド人よりもさらにアイルランド色を濃くしていたのです。彼らは大陸に由来するカルヴィン派およびルーテル派に連なる狂信者たちに拮抗するため、アイルランド・カトリック教徒と手を組みました。そして、デイン、ノルマン、ならびにアングロ・サクソン系住民の子孫たちは、イギリスの圧政に対抗して新しいアイルランド民族の大義を擁護するために結束したのです。

ジョイスがここで言及する〈ヒベルイス・ヒベルニオレス〉とは、史学用語で、ラテン語 Hiberniores Hibernis ipsis を表し、中世のノルマンのアイリッシュ社会への同化を示し、「アイルランド人よりもさらにアイルランド人らしい」といった意味を持つ。

ジョイスは民族の同化に関連して、近代になって活躍するアイルランドの政治家チャールズ・パーネルの例を挙げ、「おそらく、パーネルこそはかつてアイルランド人を統率した者の中でも比類ない逸材であったと言えるでしょう。しかし、その血筋にケルトの血は一滴たりとも混じっていなかったのです」と説明している。

〔十二世紀〕

国内の動乱を鎮めようと、一一六六年、時のアイルランドのレンスター王ダーモット・マクマロー（一一〇〇年―？）が、イギリス王ヘンリー二世（在位一一五四年―一一八九年）に戦いの援助を求めた。領土拡大の機会を狙っていたヘンリー二世はそれを好機と捉え、一一六九年、アングロ・ノルマンの貴族ペンブローク伯リチャード・ド・クレア（ストロングボウ、一一三〇年―一一七六年）に軍を率いさせ、アイルランドに渡らせる。

その後、ストロングボウはアイルランドに留まりレンスター王を継ぎ、マクマローの死後、王位を継承する。

一方、ストロングボウの勢力拡大を恐れたヘンリー二世は、アイルランドにキリスト教の信仰を取り戻すためとの大義名分を掲げ、第一六九代ローマ教皇ハドリアヌス四世（在位一一五四年―一一五九年）に、彼自身のアイルランドへの出兵許可を求めた。

当時、ローマ教皇は諸国の王以上の権力を持ち、アイルランドはいわば、教皇領と見做されていた。

その頃、イギリス人初の教皇であったハドリアヌス四世は、ヘンリー二世の要請を受け入れ、彼に勅許を与えた。

一一七一年、ヘンリー二世は教皇との交渉でアイルランド卿の称号を手に入れ、自らアイルランドに赴き、アングロ・ノルマン貴族とアイルランドの諸王達に忠誠を誓わせた。

それ以降、イギリスはアイルランドへの植民を進めていった。

ヘンリー二世の息子ジョン王（在位一一九九年―一二一六年）は、アイルランド卿の後を継ぎ、イギリス主導の中央政府の確立を目指す。

これがイギリスのアイルランドに対する政治的介入の始まりとなった。

ジョイスは「教会は、ハドリアヌス四世の頃と同様、今もなおアイルランドの敵であると私は確信しています」と語っているが、以上の経緯について、次のように説明している。

イギリスのアイルランドへの侵攻は、アイルランド土着の豪族（レンスター王、ダーモット・マクマロー）の度重なる要請が因をなしたのです。イギリス側としては大して食指を動かしたわけではありませんでしたし、自国の王の勅赦もない始末でした。しかし、彼らにはローマ教皇エイドリアン四世（ラテン語では、ハドリアヌス四世）の大勅書とアレキサンダー（ローマ教皇アレキサンデル三世・在位一一五九年―一一八一年）の教書という後楯があったのです。彼らは東海岸に上陸しました。総勢七百。このわずかな冒険者の群れが一国全体を敵に廻して乗り込んできたのです。土着の諸部族のなかには彼らを迎え入れるものもいくばくかはおりました。こうして、一年も経たぬうちに、ヘンリー二世はダブリン市で盛大なクリスマスの祝宴を催すことになったのです。……彼らは、アイルランドの内紛を煽り、その宝を手に入れました。新しい農業制度を導入することによって、イギリスはアイルランド土着の豪族の弱体化をはかり、広大な土地を自国の兵士に与えました。カトリック教会が反抗的な気配をみせればこれを迫害し、圧政のための有効な手段として利用できるとみれば迫害の手を緩めました。肝要なのはこの国を分割支配することだったのです。

［十三世紀］

イギリスは急速に領土の拡大を進める一方で、各地に要塞を築き、都市を建設していった。他方、イギリスの侵略に対するアイルランド人領主の抵抗は激しさを増していった。その結果、アングロ・ノルマン人の植民地拡大は次第に勢力を弱めていった。

［十四世紀］

一三六七年、イギリス人入植者のアイルランド人との同化を回避するため、イギリスはアイルランド南東部のキルケニーで議会を招集し、アイルランド語の使用、民族衣装の着用、アイルランドの吟遊詩人を迎えることなどを禁止し、アイルランド人との結婚を反逆行為と見做し、違反した場合は土地を没収することを規定したキルケニー法を制定した。

［十五世紀］

十五世紀、ヘンリー七世（在位一四八五年―一五〇九年）の治世になると、アイルランドに対する政策は、植民者と土着のアイルランド人を隔離するのではなく、彼らの文化や生活習慣を全面的に否定し、全島をイギリス化していく方針に変っていった。

こうしてアイルランド人への差別や偏見が激化していった。

ジョイスは、「『やつらはカトリック教徒で、貧しいうえに無知な連中だ』―イギリス人はこう言ってアイルランド人を貶しました」と語っている。

［十六世紀］

十六世紀、カトリック教会と絶縁し、イギリス国教会を設立したヘンリー八世（在位一五〇九年―一五四七年）は、自らを「アイルランド卿」、後に「アイルランド王」（在位一五四一年―一五四七年）とし、アイルランドを英国法の下での従属国とした。

ヘンリー八世はカトリック信仰を禁じ、修道院に解散を命じ、厳しい支配体制を確立した。カトリック教徒であるアイルランド人の領主たちは彼の暴挙に激しく抵抗していった。

［十七～十八世紀］

十七世紀、イングランドとアイルランドの女王となったエリザベス一世（在位一五五八年―一六〇三年）の治世が終わる頃には、アイルランド全域にイギリスの支配が及んだ。アイルランドの人々のイギリスに対する抵抗は凄まじく、一六四一年、アイルランドの在地勢力がプロテスタントを殺戮する。

それに対し、一六四九年、イギリスの清教徒革命の指導者であるオリヴァー・クロムウェル（一五九九年―一六五八年）が「復讐」と称し、アイルランドに「神の意志を実現するための聖者の軍隊」を侵攻させ「聖戦」を実行し、カトリック教徒の大虐殺を行った。

その際のクロムウェルの任務は三つ存在した。

第一は、一六四一年に始まるアイルランドの反乱に対する復讐、第二は、反乱で失われた英国の権益を取り戻し、徴兵と戦費の「カタ」として分与すると約束したアイルランドの土地を征服し収奪することであった。第三は、以上を迅速に達成し、その勝利をイギリスに持ち帰ることであった。

ジョイスは次のように語る。

植民地政策の根底には純粋なキリスト教的同義があるなどと、まともに信じられるはずはありません。異国への侵入が行われる際には、そういった動機などきれいさっぱり忘れ去られてしまうものです。

クロムウェルのアイルランド人虐殺により、一六五二年のアイルランドの人口約一四五万の内、六二万が戦争と、その後発生した疫病や飢餓で命を落とし、十万が西インド諸島などイギリスの植民地に奴隷として売られていった。

その後、クロムウェルが率いる軍は、カトリック教徒が所有する土地をことごとく没収し、カトリック教会を解体し、アイルランド語の使用や学校教育を禁じるなど様々な法的・制度的差別を強化していった。

一六九一年、イギリスはカトリック聖職者の登録制・国会議員の選挙権・被選挙権の剥奪、カトリック教徒の軍隊・行政機関・法曹界からの排除、土地売買・借地契約の全面禁止（例外、三一年以内の借地契約）、イギリス国教会による全ての学校の管理、英貨で五ポンド以上の価格の馬の取得の禁止といった規定を盛り込んだ異教徒刑罰法を成立させた。

これにより、カトリック教徒の政治的・経済的権利が剥奪され、彼らに対する差別が法制化された。

ジョイスは刑罰法を犯した小百姓の事件を例に挙げ、その罰則の残酷さを次のように語っている。

この男は、衣服をはぎとられ、馬車にしばりつけられたあげく、連隊の兵士の手で次々に鞭打たれました。大佐の指示に従って、鞭はその男の下腹部めがけて打ち下ろされました。哀れな男が激しい苦痛にさいなまされたすえに息絶えたとき、その内臓は路上にはみ出していました。

体制から締め出されたアイルランドの人々の間には反英的要素が色濃く根づき、一触即発の事態となった。そこでは日常の些細な出来事に対する不満でさえもイギリス支配に帰され、民衆の間には絶えず激しい憤りが渦巻いていた。

他方、プロテスタントの移入により国内の森林伐採や開墾が進んでいった。羊や肉牛の放牧が拡大し、家畜のイギリスへの輸出も増大した。しかし、イギリスから見れば、これらの輸入はイギリス国内産品の価格低下をもたらすことになり、危惧したイギリスは、一六六三年にアイルランド産の家畜と食肉の輸入を全面禁止とした。

一六九九年になると、輸入が増加傾向にあった羊毛についても、「自国産品保護」の名目で輸入税を引き上げ、輸入を全面禁止とし、アイルランドの羊毛産業に壊滅的打撃を与えた。

十八世紀のアイルランドでは度重なる飢饉が続いていた。多くの人々が激しい飢えに苦しみ、極貧生活を強いられていた。

イギリス系アイルランド人の聖職者であり、『ガリヴァー旅行記』の作者として著名なジョナサン・

スウィフト（一六六七年—一七四五年）は、当時のイギリス政府による政策を風刺・非難し、一七二九年、『穏健なる提案』を発表し次のように記している。

この偉大な街を歩いたり田舎を旅したりした時に、女の物乞いがぼろを着た子供を三人、四人、六人と連れて街路やあばら家の前に群がり、通行人とみれば施しをせがんでいるのを見るのは、憂鬱な光景である。……この膨大な数の子供たちは悲惨な状態にあって、多くの問題をもたらしている。……私は謹んで以下に私案を提出するが、なんら異議がないことを望む。……かつて、ロンドンで知り合った非常に物知りなアメリカ人から聞いた話だが、よく世話をされた健康な赤子は、丸一歳を迎えると大変おいしく滋養のある食物になるそうだ[5]。

ジョイスは次のように語っている。

アイルランドは貧しい国です。しかし、それはイギリス人が定めた諸法令がこの国の産業、とりわけて羊毛業を壊滅させたが故の貧困であり、かの大飢饉に際して英国政府の怠慢によりこの国の住民の大半がむざむざ餓死するがままに放置されたが故の貧しさであり、さらに、アイルランドの人口が減少の一途を辿り、犯罪はほとんど存在しない現状にもかかわらず、裁判官は王に比肩する収入を我がものとし、無為無能の官公吏が巨額の所得を手にする現行の行政体系に起因する貧窮にほかならないのです。……毎年六〇〇万ポンドの金額に及ぶ豚肉を輸出し、バターと鶏卵とで、これまた一、〇〇〇万ポンドの輸出額に及ぶというのに法外な重税で貧しき住民たちは絶え間なくしぼり取られ、市場に出た最上の肉は巻きあげられ、そのような調子で容赦なくやられて、アイルランドの富はすっかりイングランドに吸い取られている。……アイルランド産のベーコンに匹敵するものがほかのどこにあるだろうか?……あの強大なイングランドが犯罪的行為によって貯えた財力がいかに大きくとも、必ずや裁きの日がやって来る。

アイルランドの経済発展はイギリスの初期産業資本の利害関係に著しく翻弄されていた。そのような状況のもと、アイルランドの経済力は着実に上昇していった。リネン産業や毛織物産業はイギリス市場へ無関税での輸出が可能となり、一七二〇年には四四%に留まっていた穀物の輸出も一八〇〇年には八五%を占めるまでに至った。その他、ガラス、酒造、製糖、絹織物等原料を輸入に依存した工業部門についても、イギリス向けの優遇策の下で成長していった。

しかし、そうした経済成長もアイルランドの農民や小作農たちを土台にし、搾取した上での成長であった。彼らの生産物が彼らに食されることはなく、アイルランドの人々は常に飢餓と極貧に苦しんでいた。

このような状況の下、人々は差別撤廃を要求しイギリスからの独立を求め、数々の反乱や暴動を起こしていく。

一七九一年には、ウルフ・トーン（一七六三年―一七九八年）が、アイルランド史上初めてプロテスタントとカトリック教徒が連帯したアイルランド人統一協会を組織した。

指揮したトーンは、アイルランドの自立、議会改革、カトリック教徒の解放を政治目標とし、「専制的政治支配打倒」のため、「政治的害悪の全ての根源であるイギリスとの結合を打破すべし」と主張し、数々の反乱を起こしていった。

その後、英仏戦争の勃発により政治情勢が緊迫化したことから、アイルランド人統一協会は秘密結社に改組され、カトリックの反英秘密武力組織を包摂し、フランス革命政権の支配を期待しながら反乱を準備していった。

しかし、一七九八年、彼らの反乱はイギリス政府スパイからの通報により指導者が検挙され、短期間のうちに鎮圧された。

他方、アメリカ合衆国の独立やフランス革命の影響を受けて、アイルランドでもイギリスからの独立に向けた機運が益々高まっていった。

同年、イギリスのウィリアム・ピット首相（在任一七八三年―一八〇一年、一八〇四年―一八〇六年）

は、独立運動を抑制させ、アイルランドの徹底した統治を企て、アイルランドとイギリス本土の合併を立案した。

ダブリン城（20世紀初頭）　当時、イギリス支配の牙城であった。

二　十九世紀以降のアイルランド

一八〇一年一月一日には、グレート・ブリテン及びアイルランド連合王国が成立した。しかし、アイルランドにとってこの合併体制は、実質上のイギリスによるアイルランドの併合であり、イギリスの繁栄を目的とした服従にほかならなかった。アイルランドはイギリスで生産された余剰品のはけ口となり、国内産業は破綻を来たし、街には失業者が溢れかえるようになった。

一八〇一年のアイルランド併合時、ピット首相は十七世紀から続く異教徒刑罰法からのカトリック教徒の解放を約束する。しかし、その約束は王の拒否により却下される。それがカトリック解放令となって実現されるのは、その後二八年が経過した一八二九年四月のことであった。

当時、カトリック信仰は固く禁じられていたが、街にはカトリックの礼拝室が存在していた。その多くは、外見は「潜りの酒場」のようであったが、整然とした内部には祭壇が設けられ教会としての雰囲気が作られ、人々はそこで密かに信仰を続けていた。

ジョイスは、「英国政府のカトリック信仰禁圧により、その論理的価値は却って増す結果となった」

と説明している。

一八〇三年七月、ナポレオンがイギリス攻略の意図を抱いていることを利として、ウルフ・トーンの後を継ぎアイルランド人統一協会を率いたロバート・エメット（一七七八年—一八〇三年）がダブリンで蜂起した。

エメットは一〇〇人ほどの仲間たちと共にイギリスによる支配の牙城であるダブリン城に攻め入った。しかし、密告者の通報で蜂起は失敗し、彼は公開絞首刑に処される。

アイルランド人による反乱は失敗に失敗を重ねていく。

その背景には、異教徒刑罰法の下、カトリック教徒の武器所持が禁じられ、イギリスによる反乱の鎮圧が容易であったことが挙げられる。

他方、イギリス及びアイルランドによる合併体制の成立により、イギリス議会上院には三二議席、下院には全六五八議席中一〇〇議席がアイルランド側に割り当てられ、カトリック教徒にも法律家や医師になることが許された。

ダニエル・オコンネルは、カトリック教徒として初めての法廷弁護士となり、公民権獲得運動の闘士となっていく。

オコンネルは、一八二三年、カトリック教徒協会を設立し、月一ペニーの会費で大衆の参加を募り、異教徒刑罰法からのカトリック教徒の解放を求める民衆運動を国内全土に引き起こしていった。

オコンネルの率いるカトリック教徒の力を見せつけられたトーリ党内閣ウェリントン首相（在任一八二八年―一八三〇年、一八三四年十一月―同十二月）は、一八二九年四月一三日、カトリック教徒解放法を成立させた。オコンネルは、その功績から〈解放者〉として人々に愛されていった。この経緯についてジョイスは次のように説明している。

アイルランドのカトリック教徒にも選挙権が与えられ、官吏への道も開かれています。通商を営んだり、知的職業にたずさわったりすることも可能です。公立学校の教師になることも議員になることもできます。三十年以上にわたる土地所有も認められていますし、英貨で五ポンド以上する馬を買うことも許されています。カトリック教会のミサに出席しても、死刑執行人の手にかかって絞罪にされ内臓を抜かれ八つ裂きにされる恐れはありません。

カトリック教徒解放法を受けて、アイルランド全土にカトリック教会が目覚ましい速度で建設されていった。

同年七月には、カトリック教会最大の男子修道会であるイエズス会が、ダブリン北部ガーディナー通りにアイルランドにおけるイエズス会の総本山とされる教会の建設を開始した。

この教会がジョイスが教会への批判を行うため、『ダブリンの市民』の中の作品「恩寵」に登場させた聖フランシスコ・ザヴィエル教会、別名、ガーディナー通り教会である。

一方、カトリック教徒解放法はカトリック教徒の市民としての法的な立場を改善しただけではなく、教会組織の組織力や経済力を著しく増強させていった。

司祭・修道士・修道女などの聖職者数も急速に増大し、教会勢力の拡大を窺わせた。

カトリック教会の収入については、主にキリスト降誕祭、復活祭、洗礼、婚姻、葬祭、寄付金、ミサから得られる項目で構成されていた。その他の収入源としては、遺産の寄付、贈与、教会誌購読料、特別献金があった。

教会は収集した資金を起業家さながらに回転させていった。こうして堅固な財政基盤を獲得した教会と、そこに属する聖職者たちの信用力は益々増大し、銀行から融資を得ることも可能になった。

一八三一年にはカトリック教会による小学校経営が許され、一八五〇年には様々な修道会が経営する中等学校や高等学校の開校が認められ、一八五四年にはダブリンにカトリック教徒のための「カトリック大学」が設立された。それが後にジョイスの通学した大学、ユニヴァーシティー・カレッジ・ダブリンとなる。

他方、こうした法的枠にもかかわらず、イエズス会は独自の民衆教化の方針の下、一八一四年に、ダブリンの北西にクロンゴーズ・ウッド・カレッジを開設していた。この学校がジョイスが学んだ寄宿舎制小学校となる。

イエズス会は、中高等教育については、一七九〇年に現在のベルヴェディア・カレッジの近隣で子供たちに教育を施していた。カトリック教徒解放法発布から三年後には、その施設を聖フランシスコ・ザヴィエル・カレッジとし、一八四一年には、そこから徒歩十分の距離の場所に、ベルヴェディア伯爵の家を買い取り、ベルヴェディア・カレッジとした。この学校が後にジョイスが通学することになる中学・高等学校となる。

一八四一年、アイルランドでは全人口八二〇万の内五五〇万以上が農業に依存し、その大部分は長年の土地収奪が生み出した零細な農民・小作人であった。

一八四五年にじゃがいもの胴枯病に起因する大飢饉が発生する。胴枯病は急速にアイルランド各地に拡大し、一八四七年までの三年間にわたってアイルランドの農業に壊滅的な打撃を与えた。じゃがいもを主食としていた人々は飢えに苦しみ、赤痢やチフス、また、壊血病といった疾病により一〇〇万もの人々が命を失い、さらに多くの人々が祖国を去っていった。

第三五代アメリカ合衆国大統領、ジョン・F・ケネディ（一九一七年―一九六三年）の祖父パトリック・J・ケネディ（一八五八年―一九二九年）が一家を引き連れウェックスフォード港からアメリカ、マサチューセッツ州ボストンにたどり着いのも、この頃、一八四九年のことであった。

リフィー川に浮かぶ移民船　(復元)

リフィー川に浮かぶ移民船に向かう人々　(イメージ像)

ジョイスは、次のように説明している。

一八五〇年から現在に至るまでの間に、五百万の移住民がアメリカに向けて去って行きました。そして故国に残る友人、親戚を呼びよせようとの書状が引きもきらずアイルランドに届きます。そこに留まるのは年老いた人、気力の萎えた者、子供、そして貧乏人だけなのです。飼いならされた彼らの首にはさまざまのしがらみが軛のように食い込んで深い後を残しています。血の気もなく、生命のしるしも消えかけた哀れな人たちが死の床についているとき、それを囲んで支配者は命令を発し、司祭は臨終の儀式を執り行っているのです。

時のピール内閣（一八三四年―一八三五年、一八四一年―一八四六年）は、急遽アメリカからとうもろこしを買い付け、公共事業での雇用策を実施するが、それらの施策が功を奏すことはなかった。カトリック教徒解放法を発布に導いたダニエル・オコンネルは一八四七年二月八日に、イギリス議会・下院でスピーチを行い、アイルランドの窮状を次のように訴えている。

アイルランドは貴国の手中……貴国の権力下にある。貴国がアイルランドを救済しなければ、アイルランド自体、自らの国を救済することはできない。私は予測する……貴国の救済がなければ、この国の四分の一の人口が消滅するだろうことを[1]。

じゃがいもの生産がようやく回復の兆しをみせ始めた一八四八年以降も人口の流出には歯止めがかからず、アイルランドの人口は十九世紀を通じて減少を続けていった。

そうした状況にあったにもかかわらず、ピール首相の辞任後就任したジョン・ラッセル卿（在任一八四六年―一八五二年、一八六五年―一八六六年）が率いるホイッグ内閣は、飢饉の救済をアイルランドの地方税や救貧税に押し付け、アイルランドから手を引き、税の取り立てを強行した。地代を支払えなかった農民に対しては、代償として彼らが生産した穀物のイギリスへの輸出を迫った。当時、アイルランドでは小麦や大麦、そしてオーツ麦に至ってもアイルランドの人々の食用とはされずイギリスへの地代支払いに向けた栽培となっていた。

小作農たちは、イギリス人不在地主によって高額の借地料を取り立てられ、払えない場合は立ち退きを命じられた。地代の滞納は農作地からの立ち退きを意味し、農民たちはこれに従わざるを得なかった。

彼らのイギリスに対する憎悪は増大の一途を辿り、自治・独立を求める運動が勢いを増していった。

一八五〇年代からアイルランドの小作農たちの中に、公正な地代・小作権の安定・小作権の自由売買を要求する「三F運動」が激しくなる。

一八七〇年、第一次ウィリアム・グラッドストーン内閣（在任一八六八年―一八七四年）は、アイルランド問題の解決を掲げて三つの要求を認める〈土地法〉を制定した。しかし、農民の不満が解消されることはなかった。

不満の原因の一つに教会税があった。すなわち、当時、アイルランドにはイギリスの国教会に属するアイルランド国教会が存在しており、国教会にはアイルランドの国定教会としての位置づけがなされていた。これにより、カトリック教徒はプロテスタントの教会である国教会に対して、自らの収穫物の一〇分の一を教会税として納めることが求められ、彼らは自らを抑圧する機構を自らが支援するという大きな矛盾を抱えていた。

国教会制度は、一八七一年になりアイルランド国教会廃止法の施行に基づきようやく廃止される。その背景について、ジョイスは次のように説明している。

> アイルランドの住民の九十パーセントはカトリック教徒ですが、現在では最早プロテスタント教会維持のために寄進を余儀なくされることはなくなっております。言うまでもなく、プロテスタントの教会はイギリスから移住してきた何千人かのためにのみ存在しているのです。

こうした中、一八八〇年に、チャールズ・スチュワート・パーネル（一八四六年―一八九一年）がイギリス人の地主に奪われた土地を自国の小作農の手に奪還することを目指し、土地戦争を起こした。

一八八一年、第二次グラッドストーン内閣（在任一八八〇年四月―一八八五年六月）は、新土地法を制定し、自作農の創出を目指すため補助金を出し、小作人の土地購入を可能にした。その結果、中産階級も運動から離れ、土地戦争は沈静化していった。

しかし、アイルランドの自治権は一向に認められず、パーネルは断固として「イギリスの地方」としての自治ではなく、「アイルランドの国としての自治」を要求していった。彼の提起した問題は当時のイギリス議会での最大の争点となった。こうした彼の怯むことのない姿勢に対し、人々はパーネルを〈無冠の帝王〉と呼んだ。

一八八六年、第三次グラッドストーン内閣（一八八六年二月―同七月）は、パーネルの自治要求に応じ、イギリス議会にアイルランド自治法案を提出する。しかし、法案は否決され、選挙後、彼の率いる自由党は野党に転落する。

グラッドストーンの転落と共に、パーネルの自治要求運動も低調となる。

その後、パーネルは愛人スキャンダルに巻き込まれ、アイルランド国民党は分裂し、彼は一八九一年に四五歳で病死する。

ジョイスは、クリスマス休暇で帰宅した際に、父親、叔父、家庭教師の女性の三人が、パーネルの失脚と、教会の政治への関与について沸騰した議論を戦わせていた様子を作品に描いている。パーネルは父親や叔父にとっても、アイルランドの英雄であり〈無冠の帝王〉であった。パーネルが没して以降、自治権を要求する議会活動は力を失う。土地を得た農民たちは戦列から去り、自治に対する民衆の熱意も冷めていった。

しかし、イギリスへの敵意は人々の間に大きく渦巻いていた。ジョイスは次のような光景について語っている。

　精神面におけるこの両国間の隔絶はすでに厳然たる事実であります。私が記憶する限りでは、公けの場でイギリス国歌「ゴッド・セイヴ・ザ・キング」が歌われるに際して、嘲笑、罵声、怒声の嵐が巻き起こらなかった例はなかったと思います。おかげであの厳粛かつ壮重な調べが聞き取れなくなるほどでした。この種の心情的断絶の存在にいささかの疑念を持つ人でさえも、ヴィクトリア女王の逝去の前年にアイルランドの首都へ足を踏み入れたときの街並みの模様を目撃したとすれば納得するほかはなかったでありましょう（一九〇〇年四月四日から二六日にかけての事態を指す）。

十九世紀末は表面的には平穏な状態が保たれていた。そうした中、イギリス支配によって失われかけていたアイルランド語を民衆の生活言語として復活させ、自国の神話や口碑や伝統文学を蘇らせることによってナショナリズム・文化・文学を高揚させようと「ゲール語同盟」が結成された。

ジョイスは、ゲール語同盟に関連して次のように述べている。

アイルランド語のアルファベットは独特の文字からなっており、その歴史はほぼ三千年におよんでいます。十年ほど前ですと、この言葉を口にしていたのは、大西洋に面した西部地域の農民たちと南部地域に住む人々、それに東半球の最前線に散開している豆つぶほどの島々の住人だけでした。今や「ゲール語同盟」がこの言語を復活させました。……ダブリンでは、街路の名前もアイルランド語と英語の両方によって表記されているのです。英語しか知らない者が「ゲール語同盟」主催の演奏会、討論会、懇親会などに出席すると、耳障りな咽頭音を響かせるお喋りの渦中に巻きこまれて何とも居心地が悪くなり、まるで水を離れた魚のような気分を味わう羽目になります。町中でもアイルランド語を喋っている青年たちによく出会いますが、どうも聞こえよがしに必要以上の声を張りあげているように思えます。「同盟」に加わっている人たちはお互いの文通にアイルランド語を使っています。迷惑をこうむるのは郵便配達夫です。宛先が読めないことが再三で、そのたびに上司のもとに赴いて難問を解いてもらわなければならないのです。

この頃、アイルランド各地で民主主義的な小グループが生まれていた。彼らは「独立」を論じ、様々な政治活動を模索していた。これらの小グループはやがて緩やかな全国組織として纏まっていき、一九〇五年にアーサー・グリフィスを指導者として「シン・フェイン」を合言葉にした組織シン・フェイン党へと成長する。

ジョイスは、一九〇四年九月九日、大学の友人オリヴァー・セント・ゴガティーとダブリン市の南東サンディコーヴの街にあるマルテロ・タワーで同居を開始する。「新異教徒主義の寺院」と名付けられた住まいには多くの客が訪れていた。その中にグリフィスがいた。

当時、彼はシン・フェインの発行する新聞『ユナイテッド・アイリッシュマン』の編集長を務めていた。ジョイスは「この新聞はアイルランドで唯一価値ある新聞であり、少なくともグリフィスには知性と素直さが感じられる」と弟に語っている。彼はグリフィスを同志と考え、「民衆に考える時間も腹もない以上、グリフィスの政策を支持しなければならない」とも述べていた。

ジョイスは『ダブリンの市民』の発刊に苦悩していた際、グリフィスに相談している。後に彼がアイルランド自由国初代大統領に選ばれたことをジョイスは喜び、『ユリシーズ』にもグリフィスについての言及が見られる。

グリフィスは武力行使による分離独立ではなく、分離は求めるがより現実的な政策としてイギリス国王の下での独自の議会をもつことを主張する。しかし彼の主張は大衆の支持を得られず、共和主義者からも非難される。

一九一六年四月二四日、復活祭月曜日にナショナリストの内、民族主義者でもあるパトリック・

ピアース（一八七九年―一九一六年）の率いるアイルランド義勇軍とアイルランド共和主義同盟が蜂起した。

ピアースは「独立国になれば食糧に困ることはなく、人口の五倍の国民をも養える。だから武器をとれ」と訴えた。

しかし、この頃は第一次世界大戦の只中にあり、アイルランド国民党の「イギリスに協力すれば、勝利の代償としてアイルランドの自治が認められる」という呼びかけを受け、多くのアイルランドの若者がイギリス軍に参加しドイツ軍と戦っていた。このため、蜂起は多くの市民に糾弾される。しかし、降伏した蜂起指導者たちが相次いで捕えられ処刑されていくと、民衆の怒りは一気に盛り上がり、反英独立の気運が沸き起こった。

ピアースは詩人であり、アイルランド語の教師でもあった。彼はゲール語同盟に加入しており、積極的にアイルランド語の使用に向け活動していた。

ジョイスは大学時代に、友人にアイルランド語を学ぶことを勧められ、アイルランド語の学習を始める。そこで教師となったのが、彼より三歳年上のピアースであった。しかし、ジョイスはピアースの言語解釈に不快感を覚え、アイルランド語の勉強を止めてしまう。

一九一六年四月の復活祭蜂起の後、ウルフ・トーンやロバート・エメット、パトリック・ピアースらの武力闘争の系譜を受け継ぐことがアイルランドの共和主義者の伝統となり、その中から、やがて独立戦争の担い手となるリーダーたちが現れる。

それまでの「アイルランド義勇軍」はアイルランド共和国軍（ＩＲＡ）となり、そこからマイケル・コリンズ（一八九〇年―一九二二年）が頭角を現していく。

コリンズは、一九一九年から一九二一年にかけてイギリス軍、治安機関、警察官などに対するテロ攻撃を指揮し、アイルランド独立戦争を起こす。

一方、イギリス軍によるアイルランドでの暴虐ぶりには、イギリスの国民さえも非難の目を向け始めていた。

イギリス政府はアイルランド紛争のため、多額の支出を余儀なくされていた。このため、時のロイド・ジョージ首相（在任一九一六年―一九二二年）は紛争終結の機会を探り始め、一九二一年七月、アイルランド側に停戦を提案する。それが受け入れられ、同年十月から十二月までロンドンで新しい二国間の対応策が協議され、一九二二年十二月に、アイルランド自由国が誕生した。

コリンズは和平交渉の代表に任命され、グリフィスらと共に英・アイルランド条約に調印する。

彼等はこの条約を将来の共和国への踏み石と見做していた。しかし、逆にそれがアイルランドの分裂を招くことになった。すなわち、この条約を介してアイルランド人の悲願であった、アイルランド全国をもってアイルランド自由国が実現するはずであったが、アイルランドにはイギリスの〈自治領〉としての地位が与えられるに留まった。その結果、アイルランドの北部、アルスター地方の六州は北アイルランドとしてイギリスに帰属することになった。これがアイルランド内戦へと発展し、後に「北アイルランド問題」となる長期紛争の原因となる。

内戦の期間中、自由国軍はイギリス政府の武器支援を受けていた。他方、そうした支援のないアイルランド共和国軍側は武器や弾薬が欠乏し、捕虜が続出、内戦は条約に反対の立場を取っていたIRA側の敗北で終わる。

内戦では六六五人が死亡、三、〇〇〇人余りが負傷した。農地は荒れ果て、人心は荒び犯罪は増加の一途を辿り、両者の憎しみや確執はその後も深化していった。

一九二六年には、アイルランド人の母とキューバ系の父親を持ち、数学教師であったエイモン・デ・ヴァレラ（一八八二年―一九七五年）が共和党（フィアナ・フォイル）を結成する。

アイルランド独立運動を指揮したデ・ヴァレラは、アイルランド大統領を二期十四年（一九五九年―一九七三年）務めるなど、生涯にわたってアイルランドの政治的要職を歴任した。

ジョイスは、デ・ヴァレラと生年一八八二年を同じくしていた。また、デ・ヴァレラもジョイス同様、視力の問題を抱えていた。こうしたことから、「運命の一致」を好んだジョイスは、ことさら彼に親しみを覚え、彼の動向を注視していた。

一九三七年には、「経済的に自給的・自足的アイルランド」を理念とした憲法を制定し、国家としての道を歩み始める。

第二次世界大戦が終結した四年後の一九四九年、アイルランドはイギリス連邦から正式に離脱し、国名をアイルランド共和国とし、独立を果たした。

同年、アイルランド政府は、農畜産業部門に極度に依存した経済産業構造を立て直し、雇用機会を創出するための方策として、アメリカやヨーロッパからの企業誘致を促進することを目指し、アイルランド政府産業開発庁を設立した。

一九七三年の欧州経済共同体加盟以降、日本企業などにも積極的にアイルランドへの直接投資を勧め、今やアイルランドは一人当たり名目GDP世界第十位を誇るIT立国として発展を遂げている（アメリカ・十一位、日本・二七位。国際通貨基金二〇一四年統計）。

以上、ジョイスがトリエステの大学において行った講義の内容を参照しながら、彼のアイルランド民族に対する見方、イギリス支配に対する受け留め方、カトリック教会への姿勢、そして、国際社会の中のアイルランドの進むべき道についての考え方などを辿り、ジョイスの思想とその背景にあるものを考察した。次に、それらを纏めてみたい。

ジョイスの歴史観

イギリスの侵略以前、アイルランドでは聖パトリックのキリスト教布教の下、修道院が各地に建設されていった。そこで、司祭や修道士たちは研鑽を重ね、学問を深め、「卓抜な才能を発揮し見事な装飾芸術を編み出していた」。彼らは、そうした知識をヨーロッパ各地に伝播させていった。

アイルランドは、その頃、「神聖と英知の真の中心であった」とジョイスは語っている。しかし、かつて平穏であったアイルランドは、十二世紀のイギリス人の侵攻により、植民地としての運命を辿ることになった。

ジョイスはその責めはアイルランドにあるとした。すなわち、当時頻発していた王族たちの勢力争いを鎮めるため、アイルランドのレンスター王が、イングランド王ヘンリー二世に援軍を求めたことにその端を発する。アイルランドへの侵略を画策していたヘンリー二世は、それを好機とし、自らを「アイルランド卿」とした上、ローマ教皇ハドリアヌス四世の勅書を得て、自らのアイルランド侵攻を正当化したのである。

他方、ジョイスは「この国のキリスト教信仰が大きく揺らいだためしは一度もなかった」と語っている。しかし、そのキリスト教は、一八二九年のカトリック教徒解放法以降、最早、ジョイスの思い描く教会の姿とは異なっていた。

教会は強力な経済力を蓄え、数多くの聖職者を抱えた巨大組織と化し、司祭たちは人々の行動規範に影響を与え人々を慄かせる実体と化していた。

こうしてアイルランドには、イギリスとカトリック教会という二つの支配勢力が存在し、それをジョイスは自らが仕える「二人の主人」と呼んだ。そうした中、イギリス支配に抵抗するためアイルランド人統一協会を組織したウルフ・トーンは、イギリスを「政治的害悪の全ての根源」であるとした。彼のそうした主張は当時のアイルランドでは普遍的であった。しかし、ジョイスの主張は彼らとは異にしていた。ジョイスは次のように語る。

この国の魂の宮殿がローマの圧政によって占拠されている現状をふまえるならば、ひたすらイギリスの暴虐糾弾に終始するばかりでは致し方あるまいと思わずにいられません。巨大なアングロ・サクソン文明略奪者イギリスを口汚くののしったところで何になるのでしょう。巨大なアングロ・サクソン文明――たとえそれがほとんど全く物質的文明であるにしても――それを侮蔑して、ことすめりとするわけにはいかないのです。征服者というのはいつの世にも似たような行動に出るものなのです。アイルランドにおけるこれまで何世紀にもわたるイギリス人の所業は、今日のコンゴー自由国におけるベルギー人の行為に反映していますし、そして明日にでもなれば小人のような日本人がそれをどこかほかの土地でやってのけることになるでしょう。

ジョイスによれば、国家間の闘争は人類の歴史上不可避なことであった。しかし、当時の教会の姿は人間の精神の自由を何よりも尊ぶジョイスにとって、憎悪すべき対象となり、教会への批判の思想が彼の作品の底流を成していった。

国際社会の中のアイルランド　ジョイスの考えるアイルランド民族とは、アイルランドの位置づけとはどのようなものだったのだろうか。

ジョイスは次のように説明する。

> 現在のアイルランドには、古来のケルト族を根幹とし、それに北欧系、アングロ・サクソン系、ならびにノルマン系各種族が融合するという過程を経ての新しい種族が生まれつつある。……異国の血を引く人たちを現在のアイルランド国民から除外するのは実際問題として不可能であり、アイスランドの人たちのようなわずかな例外はあるでしょうが、この、種の純潔さに欠けているという点で、現在アイルランドに住みついている民族は典型的な一例なのです。
> 西欧文明は多種多様の要素が交ぜ織りになっている巨大な布地であり、北欧人の侵略性、ローマの法秩序、新興中産市民階級の観衆、そしてシリア地方の一宗教の名残り（すなわちキリスト教）が融和しております。このような敷物に、本来の姿をそのまま保っている糸を探し求めるのは無益なことです。どの糸も隣り合う糸の影響を受けてしまっているのですから。今日もなお外来要素を交えぬ純粋さを誇りうるいかなる民族、いかなる言語が存在するというのでしょう。

ジョイスによれば、外来の影響を受けていない民族は皆無と言ってよく、アイルランドもその例外ではない。純粋なアイルランド人などは存在せず、民族主義に走ること自体、何の功をなさない無益なことであった。彼はこうした発言を、当時、アイルランドの民族としての誇りを取り戻し、ゲール語や自国の伝統文学を蘇らせることを目指していたアイルランド文芸復興運動の活動家たちに向けていた。

ジョイスは、アイルランドという国を一つの枠組みの中で捉えるのではなく、より大局的に踏まえることを考えていた。ジョイスのこうした思想は、現在のヨーロッパを、単体で、あたかも一つの国家として捉え、その枠組みのなかで国際舞台で活躍をしようとする欧州連合（ＥＵ）の理念と普遍性をもつ。

また、彼の主張はイエズス会の「アイルランドを単に大英帝国圏内において政治的・経済的な役割を果たしていく存在としてだけではなく、社会的にも文化的にも重要な役割を担っていく国際的な国家として成長させていく」という教育理念とも合致していた。

ジョイスの自伝的小説『若い芸術家の肖像』には、彼が七歳頃の発言として、次のような一節が記されている。

自分の居場所、氏名。
「宇宙、世界、ヨーロッパ、アイルランド、キルデア州、サリンズ、
クロンゴーズ・ウッド・カレッジ、初等科スティーヴン・ディーダラス」[2]

ジョイスは次のように講義を締めくくる。

この民族の復活はあるのでしょうか。もし、ありうるとすれば、それは西欧文明にいかなる影響を及ぼすことになるか。……はっきりしていることが一つあると思います。アイルランドは二度とふたたびかつての失敗を繰り返しえない土壇場にきているという一事です。アイルランドが真に復活する力を秘めているのであれば、その目覚めを期待しましょう。さもないとするならば、彼女が顔を覆い、ひっそりと墓に横たわって永遠の眠りにつくのを静かに見守ろうではありませんか……アイルランド人は確かに弁が立ちます。しかし、大いなる変革が弁舌と妥協によってもたらされることはないのです。我々が久しく待ち望んでいた劇の上演を彼女がついに決意するというのであれば、今度こそ決定版の全幕を手落ちなく演じきってもらわねばなりません。ここで、言い添えさせていただきます――ぐずぐずするなよと。

ジョイスは、二二歳の時にアイルランドを離れ、五八歳でスイスに没した。国内で過ごした期間より、海外で過ごすことの多かったジョイスは、故郷の姿を危機感と焦燥感を持って見つめていた。彼は祖国の人々が、その悲惨をイギリスの責めにして終わらせるのではなく、また、教会の支配に甘んじることなく、また、いにしえの古き良きアイルランドの文化・芸能に回帰するのではなく、西欧に学び国際社会の一員として歩むことを願っていた。そうしたアイルランドには、やがて「西欧文明に影響を及ぼし得る」潜在能力があるはずと彼は考えていた。

ジョイスの思想の背景には、常に祖国とそこに住む人々への思いがあった。

あとがき

本書の冒頭で二〇世紀最大の作家として、ジェイムズ・ジョイス、フランツ・カフカ、マルセル・プルーストの名を挙げた。

これらの巨匠には共通点がみられる。

ジョイスは一八八二年に裕福な家庭の長男として生まれ、カフカはその翌年に、やはり裕福なユダヤ人の家庭の長男として生まれ育った。プルーストは彼らより十年ほど前の一八七一年に、ユダヤ系のエリート家族の長男として生まれ、生涯にわたりほとんど職に就かず華やかな社交生活を送った。

いずれも長男として生まれ、生まれた場所や育った環境の違いはあろうとも、程度の差こそあれ、裕福な家庭に生まれたという点において三人に差異はない。しかし、後に、極貧状態に置かれ、食べるものにも、着るものにも窮し、人生における悲惨さや、盲目ともいえる視力の著しい衰えといった身体的苦難、そして娘が統合失調症を患うといった不幸に見舞われたのはジョイスのみである。出版された書物が祖国で販売されなかったのも、それにより「人々の恨みを買った」のも、祖国の作家であることさえも認められなかったのも、ジョイス一人である。

ジョイスは、パリで開催された夕食会でプルーストと出会っている。彼は「プルーストの才能については批評する立場にはないが、少なくとも彼の恵まれた環境を羨ましく思う」と語っている。プルーストは、自身の属したエリート社会を背景としたストーリーを描き、カフカは私たちの想像を超えるような世界を描いた。しかし、ジョイスが描いたのは、専ら、当時貧困の中に暮らすダブリンの人々の姿であった。

ジョイスの執筆目的も彼らとは異なっていた。彼には、祖国の人々を豊かにしたいという自らに定めた社会的使命があった。彼は「自発的亡命」と称しアイルランドを離れ、国外から祖国を見つめ続けた。ダブリンの地図を広げ、記憶を辿りながら、作品の詳細にこだわり、祖国にいる家族を総動員して事実の確認を行い作品を書き続けた。

その背景には、祖国の人々に、自らのおかれた真の状況を見てほしいという願いが込められていた。ジョイスは当時のダブリンの人々の純朴さを描く一方で、彼らの機知やおおらかさや優しさも書き記した。その一方で、『ダブリンの市民』の冒頭の作品「姉妹」で宣言した作品のテーマが示すように、当時のアイルランド社会の「麻痺」した様子や、富める者とそうではない者との「不均衡な姿」や、教会に支配され「聖職売買」が横行していたことも書き記した。『ユリシーズ』では、「ある日この街が消滅したとしても、私の作品からこの街を再現できるほど完璧に書く」として、執筆に邁進し、『フィネガンズ・ウェイク』では新たな言語創造を様々な文体を駆使しつつ、試みていった。

他方、ジョイスの作品は難解なことでも知られる。

ジョイスは、「言葉は人間の思考の器」と語っているが、彼は自身の思考の器が放つ一つ一つの言葉に深遠な意味合いを込めた。

ジョイスは『ユリシーズ』について、「私はこの作品にあまりに多くの謎やパズルを盛り込みましたので、何世紀にもわたって私が何を意味しているのかが議論されることでしょう」と述べ、さらに、私は読者の皆さんが「私の作品を一生をかけてお読みくださることを求めます」などと誇らしげに語っている。

それにもかかわらず、ジョイスの作品は私たちを魅了してやまない。『ダブリンの市民』や『若い芸術家の肖像』に記された散文の美しさ、彼が描き出す生き生きとしたダブリンの姿、登場人物たちの繊細な心の動きを映し出すジョイスの筆の見事さに私たちは感動し、『ユリシーズ』や『フィネガンズ・ウェイク』に描かれた言葉の数々に、私たちは彼の類いまれなる知性、博学を知り、圧倒される。

ジェイムズ・ジョイスの作品の素晴らしさに是非触れていただきたいと思う。

二〇一六年六月十六日

金田　法子

ジェイムズ・ジョイス　年譜

西暦	年齢	年　譜	背景となる参考事項
一八八二		二月二日、ジェイムズ・ジョイス（James Joyce）誕生。父親はコーク州に生まれクィーンズ・カレッジで医学を学ぶが、挫折。首都ダブリンに移り、会計士などの仕事をした後、市の収税吏となる。一八八〇年、メアリー・ジェイン・マレーと結婚。第一子は誕生後死去。次に生まれたのがジェイムズ・ジョイスである。	五月、イギリスのアイルランド担当大臣がダブリンのフェニックス・パークでアイルランド人民族主義者に暗殺される。
一八八八	六	九月一日、イエズス会の運営する小学校クロンゴーズ・ウッド・カレッジに入学。寄宿舎生活を始める。	
一八九一	九	年末、クロンゴーズを退学する。	十月、チャールズ・スチュワート・パーネル死去。
一八九二	十	収税組織改革により父親が失職。一家の家計が窮迫する。	W・B・イェイツらによりアイルランド国民文芸協会が結成される。

一八九三	十一	イエズス会の運営するベルヴェディア・カレッジに入学。成績優秀で特に作文に秀で、各種の賞を受賞する。	ゲール語同盟が設立される。
一八九七	十五	娼婦と関係を持つ。罪の意識に苦しみ、チャーチ通りのカプチン会の教会に行き告白をする。真摯な禁欲生活を送る。	
一八九八	十六	ダブリンの大学ユニヴァーシティー・カレッジ・ダブリン（UCD）に入学。近代言語を専攻する。学内の文学歴史研究会の活動に積極的に参加する。	
一九〇二	二〇	十月三一日、ユニヴァーシティー・カレッジを卒業。学士号（BA）を取得。十二月一日、医者を目指しパリへ向かう。クリスマスに向け一時帰国する。	
一九〇三	二〇―二一	一月、パリに戻る。アリストテレスやトマス・アクィナスを精読。トゥールに行く途中の駅でエドゥアール・デュジャルダンの『月桂樹は伐られて』を購入（一八八七年刊）。ジョイスの文学手法「意識の流れ」・「内的独白」の原型が生まれる。四月十日、「母危篤」の電報を受け帰国。八月十三日、母死去（享年四四）。深酒をするようになる。	七月、イギリスのエドワード七世、アイルランド訪問。

一九〇四	二二	六月十日、後に妻となるノーラ・バーナクルに出会う。 六月十六日、ノーラと最初のデートをする。 八月十三日、「姉妹」が『アイルランド農園』紙に掲載される。 十月八日、アイルランドを出国、チューリッヒに到着。当てにしていたベルリッツ校に教職口がなく、旧イタリア領ポーラに行きポーラのベルリッツ語学学校の英語教師になる。	
一九〇五	二三	トリエステのベルリッツ校に転任。 七月、長男ジョルジオ誕生。 十月、弟スタニスロースをトリエステに呼び寄せる。 『ダブリンの市民』に収める十一篇の原稿をイギリスの出版社グラント・リチャーズに送付する。 出版社との苦闘が始まる。	アーサー・グリフィスがシン・フェイン党を立ち上げる。
一九〇六	二四	二月、『ダブリンの市民』の出版契約が成立する。 書き直しを要求される。 六月、ローマのナスト・コルプ&シューマッハー銀行で職を得る。 九月、グラント・リチャーズ社から出版契約の破棄を通告される。	五月、ヘンリック・イプセン死去。
一九〇七	二五	三月、ローマを去りトリエステに戻る。 五月、詩集『室内楽』発刊。	

一九〇八	二六	七月二十六日、長女ルチア誕生。 個人教授に専念するためベルリッツ語学学校を辞める。 二月、マシューズ社、リヴァーズ社、及び、ハッチンソン社から『ダブリンの市民』の出版を拒否される。 五月末、激しい虹彩炎を患う。	
一九〇九	二七	四月、ダブリンのモーンセル社に『ダブリンの市民』の原稿を送付する。 七月、モーンセル社と『ダブリンの市民』の出版契約を交わす。 十月、ダブリンに戻る。 十二月、映画館ヴォルタを開館する。	
一九一〇	二七	一月、映画館のマネージャーを辞め、妹アイリーンを伴いトリエステへ戻る。	
一九一二	三〇	九月、ダブリンで『ダブリンの市民』の出版を進める予定であったが、印刷屋に校正刷を処分されてしまう。 激怒しトリエステに戻る。 以降、アイルランドの土を踏むことはない。	
一九一三	三一	十一月、イギリスのグラント・リチャーズ社より『ダブリンの市民』を再度見たいとの書状が届く。	アルスター地方（現在の北アイルランド）でアルスター義勇軍が組織される。ダブリンではアイルランド義勇軍が結成される。

一九一四	三二	六月十五日、グラント・リチャーズ社より、『ダブリンの市民』初版、一、二五〇部が出版される。	七月、第一次世界大戦勃発。
一九一五	三三	五月、『ダブリンの市民』の販売部数が三七九（ジョイス買取分一二〇部を含む）に留まったことを知らされる。 六月、イタリアの第一次大戦への参戦とともに一家はチューリッヒに移住する。 イェイツ等の尽力でイギリスの私的財団〈王室文学基金〉より補助金が支給される。	五月、イタリアがオーストリアに宣戦布告。
一九一六	三四	十二月二九日、ニューヨークの出版社ヒューブッシュから『若い芸術家の肖像』が出版される。	四月、ダブリンで復活祭蜂起が起こる。
一九一七	三五	二月、『若い芸術家の肖像』がロンドンで出版される。 同月、緑内障が悪化する。 八月、右眼に一回目の手術をする。	
一九一八	三六	二月、著述に専念できるようにとチューリッヒ在住のハロルド・マッコーミック・エディス・ロックフェラー夫人から、毎月一万二、〇〇〇スイス・フランの経済援助が提供される。 五月、戯曲『亡命者たち』が発刊される。 九月頃より虹彩炎（両眼）に悩まされる。	十一月、第一次世界大戦終結。
一九一九	三七	十月、マッコーミック夫人からの援助金が打ち切られる。 同月、トリエステに戻る。	アイルランド独立戦争勃発。

一九二〇	三八	トリエステのレヴォルテッラ商業高等学校で英語を教えながら、『ユリシーズ』の執筆に苦闘する。 七月、一家、パリに移る。	
一九二一	三九	十二月七日、『ユリシーズ』が一九二二年二月二日に発刊されるのを記念して、ヴァレリー・ラルボーがシェイクスピア・アンド・カンパニー書店で講演会を行う。	二月、『ユリシーズ』猥褻書出版の廉で有罪判決を受ける。
一九二二	四〇	二月二日のジョイスの誕生日にシェイクスピア・アンド・カンパニー書店から『ユリシーズ』が出版される。	十一月、マルセル・プルースト死去。 十二月、アイルランド自由国誕生。
一九二三	四一	三月十日、「進行中の作品」の最初の二頁を執筆する。	
一九二四	四二	眼病に苦しむ。	
一九二六	四四		三月、エイモン・デ・ヴァレラがフィアナ・フォイル（共和党）を結成。
一九二七	四五	七月、詩集『ポウムズ・ペニーチ』発刊。	
一九二八	四六	九月、眼病が悪化し、数週間にわたり文字が読めなくなる。	
一九二九	四七		世界大恐慌勃発。
一九三〇	四八	五月、スイスの医師により目の手術を受ける。	
一九三一	四九	七月四日、父親の誕生日を選び内縁の妻であったノーラとロンドンの登記所に婚姻届を提出する。 十二月二九日、父ジョン・ジョイス、ダブリンで死去（享	

		年八二)。	
一九三二	五〇	二月二日、サミュエル・ベケットへの片思いのもつれや前年の両親の結婚などが原因となったのか、娘ルチアに狂乱の発作が起こる。ルチアが母親に椅子を投げつけ精神病院に運ばれる。それ以降、娘を連れて精神病院を転々とする。 二月十五日、孫・スティーブン・ジェイムス・ジョイス誕生。 十月、ジョイスの自筆原稿に、ルチアがデザインした文字で飾られた『ポウムズ・ペニーチ』が限定版として出版される。	二月、日本で『ユリシーズ』の海賊版が出回る。
一九三三	五一	ルチアの統合失調症が悪化し、ジュネーブ湖畔の療養所に入れる。 ジョイス、憔悴が激しく、突如涙もろい発作に襲われるようになる。	
一九三四	五二	九月、ルチアが病室に放火し、チューリッヒの病院に移される。 ユング博士の治療を受ける。	八月、アメリカでの『ユリシーズ』猥褻裁判で非猥褻とされる。
一九三七	五五	週に一度ルチアを見舞うぐらいで、公の場所にほとんど出なくなる。	
一九三九	五七	五月四日、『フィネガンズ・ウェイク』をイギリスとアメリカで出版する。	一月、W・B・イェイツ死去。 九月、第二次世界大戦勃発。

一九四〇	五八	チューリッヒへ移住する。ルチアを連れて行くことは不可能だった。	二月、ハーバート・ゴーマンによる伝記『ジェイムズ・ジョイス』がニューヨークで発刊される。 六月、ドイツ軍がパリに侵攻。
一九四一		一月十三日、穿孔性十二指腸潰瘍のため死去。	

出典：
Richard Ellmann. *James Joyce*. New York: Oxford University Press, 1983.
Roger Norburn. *A James Joyce Chronology*. Hampshire: Palgrave Macmillan, 2004.

注

はじめに

1 James Joyce, *Selected Letters of James Joyce*. Richard Ellmann. ed. London: Faber and Faber, 1992, p. 125.

2 リチャード・エルマン『ジェイムズ・ジョイス伝』1、宮田恭子訳、みすず書房、一九九六年、三八五頁。

3 丸谷才一編『現代作家論ジェイムズ・ジョイス』早川書房、一九七四年、五一頁。

I　三　小学校時代―教会への反発の素地の確立

1 ジェイムズ・ジョイス『ユリシーズ』I、丸谷才一・氷川玲二・高松雄一訳、集英社、一九九六年、三六九頁。

I　四　中学校・高校時代―教会への反発から憎悪へ

1 Kevin Sullivan. *Joyce among the Jesuits*. New York, Columbia University Press, 1958, p. 59.

2 リチャード・エルマン『ジェイムズ・ジョイス伝』1、宮田恭子訳、みすず書房、一九九六年、三〇頁。

3 ジェイムズ・ジョイス『若い藝術家の肖像』丸谷才一訳、集英社、二〇〇九年、二七八頁。
4 同書、三一一頁。

I 五 大学時代

1 ジェイムズ・ジョイス「スティーヴン・ヒアロー」『ジョイスII』筑摩世界文学大系68、大澤正佳訳、筑摩書房、一九七六年、六七―六八頁。
2 スタニスロース・ジョイス『兄の番人―若き日のジェイムズ・ジョイス』宮田恭子訳、みすず書房、一九九三年、八三頁。
3 「スティーヴン・ヒアロー」『ジョイスII』筑摩世界文学大系68、七六頁。
4 同書、一七頁。
5 同書、三九頁。
6 同書、四二―四三頁。
7 同書、四六頁。
8 リチャード・エルマン『ジェイムズ・ジョイス伝』1、宮田恭子訳、みすず書房、一九九六年、三八五頁。
9 ジェイムズ・ジョイス「検邪聖省」『ジョイスI』筑摩世界文学大系67、伊崎順之助訳、筑摩書房、一九七六年、三四三頁。
10 リチャード・エルマン『ジェイムズ・ジョイス伝』1、一一四頁。

I　六　大学卒業以降

1　スタニスロース・ジョイス『兄の番人―若き日のジェイムズ・ジョイス』宮田恭子訳、みすず書房、一九九三年、二七八頁。
2　ジェイムズ・ジョイス「スティーヴン・ヒアロー」『ジョイスⅡ』筑摩世界文学大系68、海老根宏訳、筑摩書房、一九九八年、三六頁
3　Stanislaus Joyce, *The Complete Dublin Diary of Stanislaus Joyce*. George H Healey. ed. Ithaca: Cornell University Press, 1962, pp. 175-176.

I　七　自発的亡命

1　リチャード・エルマン『ジェイムズ・ジョイス伝』1、宮田恭子訳、みすず書房、一九九六年、一九四頁。
2　ジェイムズ・ジョイス『若い藝術家の肖像』丸谷才一訳、集英社、二〇〇九年、四五四頁。
3　Stanislaus Joyce, *The Complete Dublin Diary of Stanislaus Joyce*, George H Healey. ed. Ithaca: Cornell University Press, p. 57.
4　フランク・バッジェン『ユリシーズを書くジョイス』岡野浩史訳、近代文芸社、一九九八年、二五〇頁。
5　リチャード・エルマン『ジェイムズ・ジョイス伝』2、六〇八頁。
6　同書2、五八八頁。
7　Stanislaus Joyce, *The Complete Dublin Diary of Stanislaus Joyce*. p. 55.

Ⅰ 十一　世界的作家へ―『ユリシーズ』

1 丸谷才一編『現代作家論 ジェイムズ・ジョイス』早川書房、一九七四年、十九―二〇頁。

Ⅰ 十二　『ユリシーズ』以降

1 リチャード・エルマン『ジェイムズ・ジョイス伝』2、宮田恭子訳、みすず書房、一九九六年、五二二頁。
2 Herbert S. Gorman. *James Joyce*, New York: Farrar & Rinehart, pp. 336-337.
3 リチャード・エルマン『ジェイムズ・ジョイス伝』1、三三五頁。
4 同書2、七八七頁。
5 同書2、七四八頁。
6 同書2、七八七頁。
7 James Joyce. *Finnegans Wake*, New York: Penguin Group, 1999, p. 627.
8 リチャード・エルマン『ジェイムズ・ジョイス伝』2、七七三頁。
9 Herbert S Gorman. *James Joyce*, New York: Farrar & Rinehart, 1940.

Ⅱ 一　文学作品

1 James Joyce. *Selected Letters of James Joyce*. Richard Ellmann. ed. London: Faber and Faber, 1975, p. 22.
2 リチャード・エルマン『ジェイムズ・ジョイス伝』1、宮田恭子訳、みすず書房、一九九六年、一九四頁。
3 フランク・バッジェン『ユリシーズを書くジョイス』岡野浩史訳、近代文芸社、一九九八年、五五頁。

4 リチャード・エルマン『ジェイムズ・ジョイス伝』1、二六四頁。
5 フランク・バッジェン『ユリシーズを書くジョイス』六五頁。
6 Herbert S. Gorman, *James Joyce*, New York: Octagon Books, 1974. p. 75.
7 フランク・バッジェン『ユリシーズを書くジョイス』八六頁。
8 Herbert S. Gorman. *James Joyce*, pp. 336-337.

Ⅱ 二 文学手法

1 ジェイムズ・ジョイス「劇と人生」『ジョイスⅠ』筑摩世界文学大系67、大澤正佳訳、筑摩書房、一九七六年、三一〇頁。
2 鈴木幸夫編『ジョイスからジョイスへ』東京堂出版、一九八二年、八頁。
3 ロバート・ハンフリー『現代の小説と意識の流れ』石田幸太郎訳、英宝社、一九七九年、六―八頁。
4 同書、四三―四四頁。
5 同書、二八―三〇頁。
6 同書、一一二―一一三頁。
7 フランク・バッジエン『ユリシーズを書くジョイス』岡野浩史訳、近代文芸社、一九九八年、一一八頁。

Ⅱ 三 文学に対する姿勢

1 ジェイムズ・ジョイス「スティーヴン・ヒアロー」『ジョイスⅡ』筑摩世界文学大系68、海老根宏訳、筑摩書房、一九九八年、三六頁。

2 同書、三二二頁。
3 ジェイムズ・ジョイス「美学」『ジョイスⅠ』筑摩世界文学大系67、大澤正佳訳、筑摩書房、一九七六年、三三九頁。
4 「スティーヴン・ヒアロー」『ジョイスⅡ』筑摩世界文学大系68、二〇頁。
5 スタニスロース・ジョイス『兄の番人―若き日のジェイムズ・ジョイス』宮田恭子訳、みすず書房、一九九三年、一七八頁―一七九頁。
6 James, Joyce, *Selected Letter of James Joyce*, Richard Ellmann. ed. London: Faber and Faber, 1975, p. 86.
7 スタニスロース・ジョイス『兄の番人―若き日のジェイムズ・ジョイス』一三六頁。
8 フランク・バッジェン『ユリシーズを書くジョイス』岡野浩史訳、近代文芸社、一九九八年、九一頁。
9 リチャード・エルマン『ジェイムズ・ジョイス伝』2、宮田恭子訳、みすず書房、一九九六年、八三九頁。

Ⅲ 一 古代から十九世紀まで

1 ジェイムズ・ジョイス「アイルランド、聖人と賢人の島」『ジョイスⅠ』筑摩世界文学大系67、大澤正佳訳、筑摩書房、一九七六年、三四八頁。
2 同書、三四八頁。
3 ジェイムズ・ジョイス「アイルランド、聖人と賢人の島」『ジョイスⅠ』筑摩世界文学大系67、大澤正佳訳、筑摩書房、一九七六年。
4 ジェイムズ・ジョイス『若い藝術家の肖像』丸谷才一訳、集英社、二〇〇九年、四六一頁。

5 Jonathan Swift. *A Modest Proposal and Other Satirical Works*, New York: Dover Publications, 1996, pp. 52-53.「貧困児処理法捷径」。日本語訳は松尾及びSOGO_e_text_libraryによる。

Ⅲ 二 十九世紀以降のアイルランド

1 Sean McMahon. *A Short History of Ireland*. Dublin: Mercier Press, 1996, p. 125.
2 ジェイムズ・ジョイス『若い藝術家の肖像』丸谷才一訳、集英社、二〇〇九年、二七頁。

参考文献

Ⅰ　ジョイスの著作

ジョイス、ジェイムズ「アイルランド、聖人と賢人の島」『ジョイスⅠ』筑摩世界文学大系67、大澤正佳訳、筑摩書房、一九七六年。

――「劇と人生」『ジョイスⅠ』筑摩世界文学大系67、鈴木建三訳、筑摩書房、一九七六年。

――「検邪聖省」『ジョイスⅠ』筑摩世界文学大系67、伊崎順之助訳、筑摩書房、一九七六年。

――「美学」『ジョイスⅠ』筑摩世界文学大系67、大澤正佳訳、筑摩書房、一九七六年、

――「スティーヴン・ヒアロー」『ジョイスⅡ』筑摩世界文学大系68、海老根宏訳、筑摩書房、一九九八年。

――『ダブリンの市民』結城英雄訳、岩波書店、二〇〇八年。

――『フィネガンズ・ウェイク』（抄訳）宮田恭子編訳、集英社、二〇〇四年。

――『ユリシーズ』Ⅰ・Ⅱ・Ⅲ、丸谷才一・氷川玲二・高松雄一訳、集英社、一九九六年―一九九七年。

――『若い藝術家の肖像』丸谷才一訳、集英社、二〇〇九年。

Ⅱ　研究書

秋田茂編『イギリス帝国と二〇世紀・第1巻パクス・ブリタニカとイギリス帝国』、ミネルヴァ書房、二〇〇四年。

伊藤整編『ジョイス研究』英宝社、一九五五年。

石原謙『キリスト教の展開』岩波書店、一九七二年。

今井宏『クロムウェルとピューリタン革命』清水書院、一九九四年。

小川美彦『ジェイムズ・ジョイスの世界』英宝社、一九九二年。

尾崎和郎『ゾラ―人と思想73』清水書院、一九九四年。

桶谷秀昭『ジェイムズ・ジョイス』紀伊國屋書店、一九八〇年。

小野修『アイルランド紛争』明石書店、一九九一年。

鏡味國彦『ジェイムズ・ジョイスと日本の文壇―昭和初期を中心として』文化書房博文社、一九八三年。

木村和男編『世紀転換期のイギリス帝国』ミネルヴァ書房、二〇〇四年。

鈴木宣明『ローマ教皇史』教育社、一九八六年。

鈴木良平『アイルランド問題とは何か―イギリスとの闘争、そして和平へ』丸善、二〇〇〇年。

鈴木幸夫編『ジョイスからジョイスへ』東京堂出版、一九八二年。

松尾太郎『アイルランド民族のロマンと反逆』論創社、一九九四年。

丸谷才一『現代作家論ジェイムズ・ジョイス』早川書房、一九七四年。

宮田恭子『ジョイス研究―家族との関係にみる作家像』小沢書店、一九八八年。

結城英雄『ジョイスを読む―二十世紀最大の言葉の魔術師』集英社新書、二〇〇四年。

――『ユリシーズの謎を歩く』集英社、一九九九年。

――.「ジョイスの時代のダブリン（9）」『法政大学　文学部紀要第60号』二〇一〇年三月、六九―七一頁。

Ⅲ 翻訳書

エリス、P・B『アイルランド史』上・下刊、堀越智、岩見寿子訳、論創社、一九九一年。

エルマン、リチャード『ジェイムズ・ジョイス伝』1・2、宮田恭子訳、みすず書房、一九九六年。

ジョイス、スタニスロース『兄の番人―若き日のジェイムズ・ジョイス』宮田恭子訳、みすず書房、一九九三年。

ダンテ『神曲―地獄篇』平川祐弘訳、河出書房新社、二〇一〇年。

トマス・アクィナス『神学大全』第十九冊他、稲垣良典訳、創文社、一九九一年。

バッジェン、フランク『ユリシーズを書くジョイス』岡野浩史訳、近代文芸社、一九九八年。

ハンフリー、ロバート『現代の小説と意識の流れ』石田幸太郎訳、英宝社、一九七九年。

ファーグノリ、A・N・&M・P・ギレスピー『ジェイムズ・ジョイス事典』ジェイムズ・ジョイス研究会訳、松柏社、一九九七年。

バンガート、ウィリアム・V・、上智大学中世思想研究所監修『イエズス会の歴史』原書房、二〇〇四年。

ベケット、J・C・『アイルランド史』藤森一明・高橋裕之訳、八潮出版社、一九七八年。

マドックス、ブレンダ『ノーラ、ジェイムズ・ジョイスの妻となった女』丹治愛監訳、集英社文庫、二〇〇一年。

その他

京都大学文学部西洋史研究室編『西洋史辞典』東京創元社、一九七六年。

国際通貨基金統計（IMF Outlook-World Economic Outlook）二〇一三年。

Ⅲ 英文文献

1 ジョイスの著作

Joyce, James. *A Portrait of the Artist as a Young Man.* Hertfordshire: Wordsworth Classics, 1992.

___. *Chamber Music*. Gloucestershire: Dodo Press, 2007.

___. *The Critical Writings of James Joyce.* Ellsworth Mason, and Richard Ellmann. eds. New York: Cornell University Press, 1989.

___. *Dubliners*. Hertfordshire: Wordsworth Classics, 1993.

___. *Exiles: A Play in Three Acts*. London: Jonathan Cape, 1952.

___. *Finnegans Wake*, New York: Penguin Group, 1999.

___. *Giacomo Joyce*. London: Faber and Faber, 1991.

___. *Letters of James Joyce.* Stuart Gilbert. ed. New York: The Viking Press, 1957.

___. *Pomes Penyeach and Other Verses*. London: Faber and Faber, 1975.

___. *Selected Letters of James Joyce.* Richard Ellmann. ed. London: Faber and Faber, 1992.

___. *Ulysses.* Hans Walter Gabler with Wolfhard Steppe and Claus Melchoir. eds. New York: Vintage Books, 1986.

___. *Stephen Hero. Part of the first draft of 'A Portrait of the Artist as a Young Man'.* Theodore Spencer. ed. London: Jonathan Cape, 1975.

2 研究書

Bidwell, Bruce, and Linda Heffer. *The Joycean Way – A Topographic Guide to 'Dubliners' & 'A Portrait of the Artist as a Young Man'*. Dublin: Wolfhound Press, 1981.

Bradley, Bruce, SJ. *James Joyce's Schooldays*. New York：St Martin's Press, 1982.

Budgen, Frank. *James Joyce and the Making of Ulysses*. Bloomington: Indiana University Press, 1967.

Ellmann, Richard. *James Joyce.* New York: Oxford University Press, 1983.

Fargnoli, A. Nicholas, and Michael Patrick Gillespie. *James Joyce A To Z: The Essential Reference to the Life and Work.* New York: Facts On File, 1995.

Gifford, Don. *Joyce Annotated: Notes for Dubliners and A Portrait of the Artist as a Young Man.* Berkeley: University of California Press, 1982.

___, with Robert J. Seidman, *Ulysses Annotated: Notes for James Joyce's Ulysses*. Berkeley: University of California Press, 1988.

Gifford, Stuart. *James Joyce's Ulysses*. New York: Vintage Books, 1955.

Gibson, Andrew. *James Joyce*, London: Reaktion Books, 2006.

Gorman, Herbert S. *James Joyce: His First Forty Years.* New York: B.W. Huebsch, 1924.

___. *James Joyce*, New York: Octagon Books, 1974.

Humphrey, Robert. *Stream of Consciousness in the Modern Novel*. Berkeley: University of California Press, 1954.

Jackson, John Wyse, and Bernard McGinley. *James Joyce's Dubliners : An Annotated Edition.* London:

Sinclair-Stevenson, 1993.

___, and Peter Costello. *John Stanislaus Joyce: The Voluminous Life and Genius of James Joyce's Father.* New York: St. Martin's Press, 1997.

Joyce, Stanislaus. *My Brother's Keeper: James Joyce's Early Years.* Richard Ellmann. ed. Cambridge: Da Capo Press, 1958.

___. *The Complete Dublin Diary of Stanislaus Joyce.* George H Healey. ed. Ithaca: Cornell University Press, 1962.

Larkin, Emmet. *The Historical Dimensions of Irish Catholicism.* Dublin: Four Courts Press, 1997.

Maddox, Brenda. *Nora : A Biography of Nora Joyce*. London : Hamish Hamilton, 1988.

Noon, William T. SJ. *Joyce and Aquinas*, New Haven: Yale University Press, 1957.

Norburn, Roger. *A James Joyce Chronology.* Hampshire: Palgrave Macmillan, 2004.

Power, Arthur. *Conversations with James Joyce*. Clive Hart, ed. Chicago : The University of Chicago Press, 1974.

Sullivan, Kevin. *Joyce among the Jesuits.* Westport, Connecticut : Greenwood Press, 1985.

Swift. Jonathan. *A Modest Proposal and Other Satirical Works*, New York: Dover Publications, 1996.

引用（参考）文献の表記方法

出典については、紙幅の関係上、ジェイムズ・ジョイス、または他の人物の基幹的発言についてのみを提示した。原則、本書で引用した情報に関する出典は巻末の〈参考文献〉に記した。その際、以下の表記方法に従った。

英語文献の場合―初出の場合には、原則、著者名、文献名、編者・訳者名、出版社場所、出版社名、出版年、該当頁番号の順に記した。その次に置かれる文献については、著者名、文献名、該当頁番号のみを記した。

日本語文献の場合―出版社場所を除き、原則、英語文献と同様に記した。

ジェイムズ・ジョイスの著作の場合―初出の場合は上記に従い、二度目以降の場合には、英語、日本語文献共に作品名、該当頁番号のみを記した。

写真提供　[Images courtesy of]

Catholic Online
Clongowes Wood College SJ, Sallins, County Kildare
Dublin City Library & Archive, Dublin
Embassy of Ireland, Japan
Irish Capuchin Provincial Archives, Dublin
National Library of Ireland, Dublin
Tourism Ireland
University at Buffalo, The State University of New York
(The Poetry Collection of the University Libraries)
Zurich James Joyce Foundation

さくいん

【人名】

ア行

アーノル神父……二九
アウィアーヌス……一四七
アレキサンダー……一五三
アレキサンデル三世……一五三
イェイツ、W・B……四六・六一～六六・八六・八八・九一・九二
伊藤博文……三
イプセン、ヘンリック……五八・七二
ウィーヴァー、ハリエット……八九・九四・一〇三・一〇七
ウェリントン公爵、アーサー・ウェルズリー……一六四
エイドリアン四世……一五三
エメット、ロバート……一六三・一七五
エリオット、T・S……八八
エリザベス一世……五二・一五五
エルマン、リチャード……二七・八三・一〇九
オコンネル、ウィリアム……三三
オコンネル、エレン……一六・一七
オコンネル、ダニエル……一七・三八・一六三・一六四・一六八
オモロイ神父、ジョン……一〇

カ行

カー、アルフレート……一三七
カフカ、フランツ……三四・一八五・一八六
ガルヴィン、ナニー……一六
グラッドストーン、ウィリアム……一六九・一七二
グリーソン神父、ウィリアム……二九
グリフィス、アーサー……六二・一七四・一七六
クロムウェル、オリヴァー……一五五・一五六
ケネディ、ジョン・F……一六六
ケネディ、パトリック・J……一六六
ゴーマン、ハーバート……一〇八・一〇九
ゴガティー、オリヴァー・セント……七一・一七四
コノリー、シリル・ヴァーノン……六一・一〇三
コリンズ、マイケル……一七六
コンウェイ夫人（〝ダンテ〟）……三・三三・二八・三一
コンミー神父……一九・三〇・四二

サ行

ザヴィエル、フランシスコ……四一
サニー・ジム……三三
シモンズ、アーサー……六六・八六
ジョージ、ロイド……一七六
ジョン王……一五三
シング、J・M……六二
スウィフト、ジョナサン……一五七
ズーダーマン、ヘルマン……五〇
スコット、ミケーレ……一四一
鈴木幸夫……一二九
スタンダール……九二
ストロングボウ……一五一
聖アウグスティヌス……二〇
聖コルンバ……一四六
聖コルンバヌス……一四六
聖パトリック……八五・一四四・一四五・一四七・一七八
聖フィニアン……一四五
ゾラ、エミール……一三六

タ行

タマロ博士、アッティリオ……八六
ダンテ、アリギエーリ……一四一
ディーダラス、スティーブン……五七・六〇・七七・一二一～一三三
デ・ヴァレラ、エイモン……一七二
デュジャルダン、エドゥアール……六七・六八・一二九

ドーデン教授、エドワード……七〇
ドーラン神父……二九
トーン、ウルフ……一六〇・一六三・一七五・一八〇
ド・クレア、リチャード……一五二
トマス・アクィナス……五八〜六〇・六七・一二〇・一四〇
●ハ行
パーネル、チャールズ・スチュワート……二八・六一・一五〇・一七〇・一七一
バーマン、ルイ……一〇〇
ハイド、ダグラス……六二
パウルス三世……四〇
パウンド、エズラ……八八・八九・九一・九二・九五
バッジェン・フランク……四一・六八・八〇・九四・一〇六・一〇七・一二七
ハドリアヌス四世……一五一・一五三・一七九
パワー神父……二九
ハンフリー、ロバート……一二〇〜一二三・一二四
ハンリー修道士……二六
ピアース、パトリック……六三・一七四・一七五
ビーチ、シルビア……九八・一〇七
ヒーリー、マイケル……七三
ピール、ロバート……一六八・一六九
ピット、ウィリアム……一六〇・一六二
プルースト、マルセル……三四・一八五・一八六
プレッツィオーゾ、ロベルト……八五
フロベール……九二
ベケット、サミュエル……一〇三・一〇四・一〇七
ヘミングウェー、アーネスト……九八
ベルヴェディア伯爵……一六六
ヘンリー七世……一五四
ヘンリー二世……一五一〜一五三・一七九
ヘンリー八世……一五四
ホメーロス……九九・一二三
ボルー、ブライアン……一四九
●マ行
マイケル修道士……二六
マクマロー、ダーモット……一五二・一五三
マスガマン……一四九
マッキャン、フィリップ……五〇・五一
マッコーミック夫人（ハロルド・マッコーミック・エディス・ロックフェラー）……九三・九五
マンスウェトス……一四七
ムア、ジョージ……六二
●ヤ行
ユング博士、カール・グスタフ……九五・一〇六
●ラ行
ラッセル、ジョージ……六四・七四
ラッセル卿、ジョン……一六九
ラルボー、ヴァレリー・ニコラ……九八
レディー・グレゴリー……六二・六四
ロバーツ、ジョージ……八一
ロヨラ、イグナティウス……四〇

【事項その他】

ア行

『アイリッシュ・タイムズ』……一〇二
アイリッシュ・ルネサンス……六二
アイルランド王（アイルランド卿）……一四九・一五二・一五四・一七九
アイルランド義勇軍……六三・一七五・一七六
アイルランド共和国……一七八
アイルランド共和国軍……一七六・一七七
アイルランド共和主義同盟……一七五
アイルランド語 ↓ゲール語
アイルランド国民党……一七二・一七五
アイルランド国民文芸協会……四六・六二
アイルランド国立図書館……五五・五六・七〇・七一
アイルランド国教会……五三・一七〇
アイルランド国教会廃止法……一七〇
アイルランド自治法案……一七二
アイルランド市民軍……六三
アイルランド自由国……一七四・一七六
アイルランド人統一協会……一六〇・一六三・一八〇
「アイルランド、聖人と賢人の島」……八五・一四〇・一四二
アイルランド独立戦争……一七六・一七七
『アイルランド農園』……七四・九〇
アイルランドの敵……六・七・四二・七六・一四〇・一五二
アイルランド文芸復興運動……六〇〜六三・七六・八七・一二〇・一八二
悪書追放協会……九七
アベイ劇場……六二・八七
アルスター義勇軍……六三
アルストン・リヴァーズ社……八二
アングロ・サクソン文明……一八〇
イーズ聖ヨセフ礼拝堂……一二〇
異教徒刑罰法……一五六・一六二・一六三
意識の流れ……六七・六八・一一四・一二三・一二九・一三〇・一三三・一三四
インシュラ・サクラ……一四七
ヴァイキング……八五・一四八・一四九
ヴァイキング・プレス社……一〇七
英・アイルランド条約……一七六
映画館ヴォルタ……八八
英仏戦争……一六〇
『エゴイスト』……八九・九二・九四
エコール・ド・メディシーヌ……六六
エドワード・アーノルド社……八二
エメラルドの島……三
エルキン・マシューズ社……八二・八六
王室文学基金……六五・九一・九二
王立アイルランド大学……五〇
王立大学……五三・五四
オコンネル・スクール……三八
オックスフォード大学……五二
『オデュッセイア』……九九・一二三
オリンピア劇場……四七
『穏健なる提案』……一五八
「恩寵」……八三・一一六・一一七・一六五

カ行

解放者……一七・一六四
「火口からのガス」……八二
カトリック教徒解放法……五・一七・三八・四七・五三・六〇・一六二・一六四〜一六六・一六八・一七九
カトリック教徒協会……一七
カトリック大学……五二・五三・六一・一六五
『ガリヴァー旅行記』……一五七
北アイルランド問題……一七七
ギネス醸造会社……五〇
教会税……一七〇
教皇至上主義……四〇
教皇の不可謬性……八三
教子（ゴッドソン）……五一
共和党（フィアナ・フォイル）……一七七
キルケニー法……一五四

クイーン劇場……四七
クイーンズ・カレッジ……一八
グラント・リチャーズ社……八一・九〇
クリスチャン・ブラザーズ……三八・三九
クリスチャン・ブラザーズ・スクール……三八・三九
クリフトン小学校……七二
グレート・ブリテン及びアイルランド連合王国……四四・六〇・一六二
クロンゴーズ・ウッド・カレッジ……七・二一・二四・二五・二七・三〇・三一・三八・四〇〜四二・四四・四八・一〇八・一一九・一六六
クロンターフの戦い……一四九
ゲイアティ劇場……四七
「芸術家の肖像」……八八・八九・九二
ゲール語……六二・六三・一五六・一七二・一七三・一七五・一八二
ゲール語同盟……六二・一七三・一七五
『月桂樹は伐られて』……六七・六八・一二九
『ケルズの書』……一四六
ケルト（ケルト人、ケルト族、ケルト民族）……八五・一四二・一四四・一五〇・一五一・一八一
ケルト十字（ハイクロス）……一四六
ゲルマン民族……一四二
ケンブリッジ大学……五二
公民権獲得運動……一六三
国教会（国教会制度）……一五六・一七〇
コンゴー自由国……一八〇

●サ行

三F運動……一六九
サンジェルマン・ロクセロア教会……六七
サント・ジュヌヴィエーヴ図書館……六七
シェイクスピア・アンド・カンパニー書店……九八
ジェイムズ・ジョイス国際シンポジウム……七
自然主義……一三二
自治権……一七二
自治領……一七六
実証主義……一三六
自発的亡命……六・六二・一三三・一四〇・一八六
慈悲修道院……七三
「姉妹」……七四・九〇・一一六・一一七・一八六
写実主義……一三二・一三七
巡回控訴裁判所……九七
ジョイス・カントリー……一六・七二
上王（ハイ・キング）……一四二
『神学大全』……一四〇
『神曲』……一四
新土地法……二八・一七一
シン・フェイン……六二・一七四
シン・フェイン党
　↓シン・フェイン
スウィニー薬局……七二
「スティーヴン・ヒアロー」……五六・七〇・七七・八六・一二九
聖アンドリュー病院……一〇七
清教徒革命……一五五
静修……四七
『聖書』……三〇・八二・一〇八・一四六
聖職売買（聖物売買）……一二八・一三六・一八六
聖戦……一五五
聖トマス・アクィナス学会……五八
聖フランシスコ・ザヴィエル・カレッジ……一六六
聖フランシスコ・ザヴィエル教会（ガーディナー通り教会）……一六五
赤十字病院（チューリッヒ）……二一〇

●タ行

第一次世界大戦……八一・九一・九五・一七五
第二次世界大戦……一〇九・一七八
代父（ゴッド・ファーザー）……五〇
『タイム』……二一四
ダブリン&キングスタウン鉄道……二一
ダブリン城……一六一・一六三
ダブリン大学……五二
ダブリン地方税徴収事務所……一九・三四・三六

タラの丘……一四二・一四三
チャペリゾッド蒸留酒会社……一八
ティヴォリ劇場……四七
デイン族……一四九・一五〇
テナメント……四四
テレニュア聖ヨセフ教会……二〇
胴枯病……四・一六六
土地戦争……六一・一七〇
土地法……一七〇
トリエステの市民大学……八五・一四〇・一七八
トリニティー・カレッジ・ダブリン……五一・五三・七〇・七一・一〇四
ドルイド……一四

ナ行

内的独白……六七・六八・一一四・一二三・一二九・一三〇〜一三四
ナスト・コルプ&シューマッハー銀行……八四
『ニューヨーク・タイムズ』……一〇八
『人形の家』……七二
ノートルダム大聖堂……六七

ハ行

ハプスブルク帝国……九五
ハーフ・パスト・シックス……二六
B・W・ヒューブッシュ社……九三
『ピッコロ・デッラ・セラ』……八六
ヒベルイス・ヒベルニオレス……一五〇
ファラー&ラインハート社……一〇九
フィンズ・ホテル……七一・七三
『フォートナイトリー・レビュー』……五八
復活祭蜂起(復活祭月曜日)……六三・一七四・一七五
フランス革命……一六〇
フランス国立図書館……六七
フリュンテン墓地……二一一
フリン姉妹学校……一九
ブルームズデー……一七
ブレイ……二一・二三・二八
プロテスタント……四三・四四・五三・六七・一五五・一五七・一六〇・一七〇
文学歴史会……五八
ベルヴェディア・カレッジ……三〇・三九・四一〜四八・五〇・一二〇・一六六
ベルリッツ語学学校……七六〜七八・八三・八五・八七
ホウリィ・アイル……一四七
ホリヘッド……一四三

マ行

マウントジョイ・スクエア公園……四三
『マグダ』……五〇
マルテロ・タワー……七一・一七四
マンスター王……一四九
ミサ典書……六七
無冠の帝王……二八・一七一・一七二
モーンセル社……八一・八二

ヤ行

『ユナイテッド・アイリッシュマン』……一七四
ユニヴァーシティ・カレッジ・ダブリン……四一・五一・五四・六五・一六五
『ユリシーズを書くジョイス』……四一・九四

ラ行

ランダム・ハウス社……一一四
『リトル・レビュー』……九七
レヴォルテッラ商業高等学校……九一・九五
レンスター王……一五一・一五二・一七九
ロイアル劇場……四六
ロイヤル・ユニヴァーシティー……五四
ローマ教皇(ローマ教皇庁)……八三・一五一・一五二・一七九
ロザリオ……三

ワ行

猥褻裁判……九七

ジェイムズ・ジョイス■人と思想194　　定価はカバーに表示

2016年6月16日　第1刷発行©

・著　者 ……………………………… 金田《かねだ》　法子《のりこ》

・発行者 ……………………………… 渡部　哲治

・印刷所 ……………………………… 広研印刷株式会社

・発行所 ……………………………… 株式会社　清水書院

〒102-0072　東京都千代田区飯田橋3-11-6

Tel・03(5213)7151～7

振替口座・00130-3-5283

http://www.shimizushoin.co.jp

検印省略

落丁本・乱丁本は
おとりかえします。

本書の無断複写は著作権法上での例外を除き禁じられています。複写される場合は，そのつど事前に，㈳出版者著作権管理機構（電話 03-3513-6969，FAX03-3513-6979，e-mail:info@jcopy.or.jp）の許諾を得てください。

Century Books

Printed in Japan

ISBN978-4-389-42194-6